消失的搭车客

美国都市
传说及其意义

The Vanishing
Hitchhiker

[美] 扬·哈罗德·布鲁范德 著
李扬 + 王珏纯 译

生活·讀書·新知 三联书店 生活書店出版有限公司

图书在版编目（CIP）数据

消失的搭车客：美国都市传说及其意义 /（美）扬·哈罗德·布鲁范德著；李扬，王珏纯译. — 北京：生活书店出版有限公司，2018.8（2018.10重印）
ISBN 978-7-80768-250-9

Ⅰ. ①消… Ⅱ. ①扬… ②李… ③王… Ⅲ. ①民间故事–作品集–美国–现代
Ⅳ. ①I712.73

中国版本图书馆CIP数据核字(2018)第104858号

责任编辑 邝 芮 李方晴 刘 笛
装帧设计 刘 伟
责任印制 常宁强
出版发行 生活書店出版有限公司
（北京市东城区美术馆东街22号）
邮　　编 100010
图　　字 01-2018-5026
经　　销 新华书店
印　　刷 北京顶佳世纪印刷有限公司
版　　次 2018年9月北京第1版
2018年10月北京第2次印刷
开　　本 880毫米×1230毫米 1/32 印张8
字　　数 185千字 图14幅
印　　数 15,001—30,000册
定　　价 48.00元
（印装查询：010-64059389；邮购查询：010-84010542）

致中国读者

欣闻拙著《消失的搭车客：美国都市传说及其意义》《段子里的美国：新编美国民俗学概论》（暂定名）和《都市传说百科全书》（暂定名）即将付梓，甚感愉悦。在我的学术生涯中，《段子里的美国》是我的第一部专著，《消失的搭车客》是我研究都市传说方面的发轫之作，而《都市传说百科全书》则是我最新近的作品，也是我学术生涯的收山之作。《消失的搭车客》和《段子里的美国》的中文译本，此次分别为修订后的第二版和第三版，而《都市传说百科全书》是第一次与中国读者见面。希望拙著能有助于读者更深入地认识都市传说，进而引发对民俗学的兴趣。

魔宙文化在搜集、介绍和研究都市传说方面做了很多开拓性的工作，这次又策划了拙著的出版，并进行了独到的编排设计和推广；三联是中国历史悠久、享有盛名的出版社，能垂青拙著，殊感荣幸。在此，向为拙著出版付出心血和劳动的魔宙文化和三联生活书店的编辑们致以诚挚的谢忱，也由衷感谢我的老朋友、中国海洋大学的李扬教授和其他译者。

扬·哈罗德·布鲁范德

2018年6月10日　美国盐湖城

前言

这是一本关于美国当代民间故事的著述。很多人听说过这些故事，并把它们当作真人实事，但是除了专家，几乎没有人意识到它们是当代民俗真实而典型的组成部分。搜集、研究这类传统的民俗学者们，将“消失的搭车客”“肯德基油炸鼠”“丢失的奶奶”这类人们信以为真的故事称为“都市传说”。

将“现代”“当代”“都市”这些词与“民间传说”放在一起，似乎有些矛盾，因为人们常常把“民间传说”与遥远的过去、偏远的山村、神聊闲侃的老头儿老太太们联系在一起，认为它们古老、神秘、朴素。实际上，都市传说是带有讽喻意味或神奇色彩的、新近发生（或未经证实）的现实故事，是美国文化的组成部分；相信并讲述它们的，是当代社会中那些最为见多识广的“民众”——青年人、都市居民、受过良好教育的人。传说讲述者所称的真人实事，也是听其他人转述而来的，至多也就是来自某个信得过的目击者或者媒体的报道。新闻媒体加入到传播、求证都市传说的行列，往往更增添了传说的可信性。但是，正如本书所表明的那样，都市传说是民俗传统，而不是历史。

与失踪的宝藏、地下的财富、预言、幽灵、罗宾汉式的江湖英雄等古老传说相似，都市传说被一本正经地口耳相传，作者通常是不可考证的。在流传过程中，特定的细节会发生变异，但我们称为“母题”的这类传统的核心因素仍然保持不变。从某种程度上说，都市传说所述之事不应当真，因为同一件奇闻怪事，是绝不可能发生在不同地方的成百上千的同学、朋友、七大姑八大姨身上的。都市传说的叙事结构、典型的传统民间母题和不同的口头版本，使它们与真实事件的文字叙述区别开来。尽管传说所涉及的故事常常言之凿凿、有据可依（甚至有照片），但无数的重复讲述和地点的变换（有时甚至是世界性的），无疑揭示了它们不过是“真实”的民间传说而已。此外，同传统的民间传说一样，都市传说的确也独特地、不自觉地反映了其流传的社会里人们所关注的焦点。

虽然民俗学者一再证实诸如“死亡之车”“红丝绒蛋糕”之类妇孺皆知的传说纯属虚构，但是民间传说研究的目的，并不是去辨别口头传说的真伪。对于一个民俗学者来说，搜集故事的不同版本，探寻它们在不同时代和地域的流布和变异，仅仅是研究的开端。我们不一定能够找到传说中的饮料瓶里的老鼠尾巴或者头发里的蜘蛛，尽管此类传说被人们普遍接受且广为流传，但是，当出现健康或卫生标准被疏忽的情况时，我们就可以得知美国人是如何反应的。诸如此类的传说大行其道，正说明了我们的忧虑所在。

美国民俗学者已经搜集和出版了许多都市传说的文本，并且在研究其变异和分布方面取得了引人注目的成果。大量的都市传说文本被民俗档案馆收藏，或保存在研究者个人手中，而对这些传统的文化材料的阐释仍然有待深入。本书融会了学者们有关最著名的一些美国都市传说的发现，同时辅以我个人搜集的资料和学生们的作业，我们试图揭示这些当代民间叙事的诸多模式和可能包含的意义。当然，某些新传说中可能包含着颇为古老的母题，找出这些主题并分析其心理意义，将是极为有趣的研究，但已超出了本书的范围。

我所列举的很多传说来自印第安纳州，印第安纳大学的民俗项目搜集和研究了无数的都市传说；还有的资料来自我任教的犹他州，分布模式显示，传说材料似乎有点儿向那里倾斜，但是都市传说是全国性的，甚至是国际性的，许多不同版本的传说及其细节上的差异，都可以在其他民俗档案馆或个人收藏者那里找到十倍或更多的相似材料。

本书只是泛泛而论，因为哪怕是对某一个都市传说进行彻底研究，也得用一本书的篇幅来阐述。尽管许多专门的研究工作正在进行当中，但许多学者仍为本书提供了研讨会记录和未发表的论文。同时，在流行的书刊、电影、电视节目中，也有很多源自都市传说的素材，本书未及多论，有待于今后进行彻底和系统地研究。

前　言

第一章

旧篇新章

我们对自己民俗的认识，并不比对自己语言语法规则的认识更多。当我们像过去那样，以非正式的传播方式将“学识”——智慧、知识或社会认可的行为方式口耳相传的时候，我们并不关注自己民俗的内容或形式，只是听取别人告诉我们的信息，然后再准确程度不一地传达给其他听众。在这一不自觉的口头传播流程中，那些具有清晰故事线索的信息被称为“口头民间传说”，那些据称确有其事的故事叫“传说”。大致而言，这就是自古至今传说形成和传播的典型过程，不管传说的情节是有关洞中恶龙的还是有关可口可乐瓶子中的老鼠的，这一过程大致相同。

在当今这个教育普及、通信发达、旅游便捷的时代，都市传说仍被创造并流传，似乎是件难以置信的事。虽然我们的祖辈拓荒者不得不主要通过口头来传播西部的险情和事变，但我们已用不着依赖这些常常与事实有出入的“民间”报告了。然而回头一想，我们现在亦常常听到许多奇特诡异、真假难辨的故事——逍遥法外的杀手、有趣而惊险的个人经历、不安全的产品，还有许多日常生活中无法解释的奇闻怪事。有时，我们会碰到这类故事不同的口头版本，偶尔我们会在报纸杂志上读到类似事件的报道，但我们极少去查寻可靠的证据资料。查无实据并不能减少都市传说对我们的吸引力。我们或仅仅将之作为故事而津津乐道，或半信半疑。我们讲述的传说，是我们这个时代许多希望、恐惧和焦虑心理的反映。简而言之，都市传说就是我们当代民俗的一部分——其传统性、变异性和功能性与过去的传说别无二致。

民俗学研究包括几个方面：对诸多已具备相对稳定形式的，以传统方式在个体、群体乃至两代间传承的人类日常生活的产物的搜集、分类，以及在完整的文化背景下对其进行的阐释。其中，传说研究是最能说明问题的一个领域，因为人们信以为真的故事深刻地影响着他们的世界观，“如果它是真实的，它就是重要的”乃是人们深信不疑的公理。认识到这种就某种程度而言我们都置身其中的现代民俗是一种新生事物，并进行比较研究，抽离出相应的主题并同文化的其他方面联系起来加以考察，就会生发出有关我们当代文明状况的丰富见解。

作为民俗的都市传说

民俗靠口头传播生存，但并非所有的口头传播都是民俗。大量的人类交流，从日常的随意谈话到工商业、法律或教学的正式讨论，鲜能构成口头民俗。然而，所有这类“交流事件”（此乃学者的命名）常常夹杂着各种传统材料的成分，这些成分是易于记忆和重复的，可以随机应变地取代原有的话语。诸如绰号、谚语、打招呼和告辞的套语、俏皮话、奇闻逸事、笑话之类，均可视为“传统”的“民俗”。实际上，这些只是美国民俗中广为人知的“交谈民俗”的一部分，更长、更复杂的形式——例如童话故事、史诗、神话、传说以及歌谣等——只是在特定的口头传播情境中出现。所有真正的民俗最终依赖于持续不断的、一般是在相对同质的“民众群体”内的口头传播，依赖于经过长时间传播而成为口头传统的内在模式和母题的保存。口头传统的稳定律是：所有的民俗类别，在保持其固有的中心内核的同时，亦在传播过程中不断变化，从而在长度、细节、风格、表演技巧等方面创造出无数不同的“变体”。简言之，民俗是由变异着的口头传统构成的。

都市传说属于民间叙事的亚类传说。与民间童话不同，传说是人们信以为真或可信性较强的故事；与神话不同，它和神或半神无关，而是新近发生的、与芸芸众生有关的故事。传说是民间的历史或准历史。同其他民间传说一样，都市传说的可信性是故事中时间、地点的细节及故事来源的权威性使然。例如，一个广为人知的西部先民传说常常是这样开头的："我曾祖母年轻的时候有过一段奇异的经历。那时她正随着向西移民的车队穿越怀俄明州，一个印第安酋长想收养她。"尽管据说成百上千的曾祖母都有类似的可疑经历（酋长因她有美丽的金色长发而想得到她），传说讲述者们却充耳不闻，如果有人质疑，他们会说这是由于这个故事广为传播造成的。这个以"俄勒冈路上的金发姑娘"著称的传说，引发了民俗学家的兴趣，因为一个野蛮的印第安人觊觎一个有教养的金发姑娘的故事，暗含着种族歧视的成分。这个传说仅在"白人"中流行，而且没有多少人注意到它似乎完全是天方夜谭。

在当代都市传说的世界中，在讲述者和所述事件之间，通常不存在地理上的距离或"代沟"。故事是"真实"的，它确实发生过，就在最近，而且就发生在讲述者的熟人身上，或者至少发生在"朋友的朋友"身上。都市传说的讲述，有时是在日常谈话时，有时是在营火会、闲聊聚会、大学宿舍里的自由讨论等特殊场合进行。传说的背景通常是邻近的、真实的，甚至因为发生过类似的事件而在当地广为人知。虽然故事中的主角通常是匿名的，但他们却是讲述者和听众生活中非常熟悉的人物。

民俗研究的最大谜题之一，就是口头传统的起源和创造者问题。人们可能期望在当代民俗中找到这一谜题的答案，但实际上却鲜能如愿。

传说的讲述

不管都市传说源自何处，它们的传播都无秘密可言。与早期民俗中的神话、童话或歌谣的流传方式一样，它们被广为传播、不断复述，不同之处在于当代传说开始借助大众传媒进行传播。老年人和青少年群体、办公室、俱乐部、宗教团体及娱乐界均是美国都市传说传播的重要渠道。有些人对街谈巷议颇为关注，他们掌握的最新“消息”，常常使聚会和旅行变得活跃起来。故事讲述者的讲述常常又引发听众讲述自己所知道的版本，两者细节互为补充，不久，一个新的版本可能就产生了。

当然，这些传说的讲述者很少能意识到自己充当了“民俗表演者”的角色。传说讲述者的目的，无非是传述一个真实的事件，或只是娱乐听众，他们绘声绘色，辅以微妙的手势和眼神，使故事情节跌宕起伏、悬念丛生。被动的讲述者可能只是将传说作为怪谈而复述，主动的讲述者则将之作为悬疑或幽默故事而加以再创作。

“男友之死”

1964年，民俗学者从堪萨斯大学一位18岁的新生处搜集到了著名的都市传说“男友之死”。通常，此传说的讲述者是青少年，讲述地点一般是在大学的宿舍里。

> **这事就发生在几年前，就在59号高速公路通往假日酒店的岔路上。一对年轻恋人把车停在岔路旁的一棵树下，该是姑娘回宿舍的时候了，可是车子怎么也发动不起来。男朋友就让她待在锁着的车里，自己到假日酒店去打电话求助。等呀等呀，男朋友一直没回来。不一会儿，她听见车顶上有刮擦的声音：刺啦——刺啦——刺啦……她越来越害怕，可男朋友还是没回来。天亮后，路人把她救了出来。她抬头一看，自己的男朋友竟吊在树上，原来，昨晚的声音正是他的双脚刮擦车顶所发出的。这就是这条路为什么叫“吊人路”的由来。**

这一传说很快传遍全国，其传统的、相对固定的元素是泊车的男女、被离弃的姑娘、神秘的刮擦声（有时还有滴水声和挡风玻璃上的影子）、天亮后的救援和可怕的结尾；变异的元素是地点、离弃的原因、谋杀的细节和地名等。而这一传说也满足了青少年的想象，尽管它作为一个独立的新传说于20世纪60年代早期才出现。同时，它与两个稍早一些的传说“钩子”与“室友之死”（我们将在第三章中介绍）也有着显而易见的联系。美国的民俗学者搜集了以上这三个传说的大量版本，尽管只有少数版本被发表，而且也大都发表在专业期刊上。但是研究这些传说不同的版本，有助于我们弄清它们作为都市传说在美国民俗中的地位和意义。

在美国民俗研究的重镇印第安纳大学，民间叙事研究专家戴琳达（Linda Dégh）和她的学生们搜集到大量的都市传说，特别是那些在青少年当中广为流传的传说。戴琳达准备出版的有关“男友之死”的专著中，讨论了1964年到1968年间从印第安纳大学学生中搜集到的19个此传说的不同版本。故事的讲述者有的是在高中时听到此传说的，地点通常是在晚会上；有的是在大学的宿舍里或者校园别的地方听说的。讲述者有的信以为真，认为在自己的家乡或者其他州确实发生过此事，有的相信其发生地远在“阿拉巴马州的某个地方”，还有一个讲述者曾“对天发誓，这件事确实发生过”。但另一个听过好几个该传说版本的人觉得“似乎太恐怖了，不可能是真事”。有些故事的版本，吸取了其他流行的青少年恐怖传说或者地方鬼故事的情节因素，其中有一个版本很明显是受到了“丢失的奶奶”传说的影响，因为其中的主角是“一位女士和她的丈夫……在新墨西哥的沙漠中开车”（参见第五章）。

在华盛顿州搜集到的一个印第安纳版本中，故事的发生地点是在摩西湖附近，“就在野外一条绝路旁边的大柳树下……离城里有四五英里远”。同大多数此传说的美国版本一样，这类特定地点的

提及，增加了传说的可信性。同“男友之死”其他版本相似的一个细节是，男友——在这个传说中是被砍头而死——倒吊在柳树上，用指甲刮擦车顶。印第安纳的学者们搜集的另一个版本更为离奇。据讲述的学生说，他们是从一个朋友的父母处听来的：“这事发生在很久以前，大概有三四十年了。”故事里的凶手是一个“疯狂的老女人”，那对青年恋人把车停在了她的地盘上。受害者这次不是被砍头，而是被剥皮，他吊在树上的尸体在夜风中摇摆，脑袋刮擦着车顶。

在“男友之死”中不断发展的情节元素，是救援者的角色。在1964年堪萨斯州的版本中，救援者仅是“某些人”。后来，其标准身份变成“警察”，其职业权威性使得传说的可信性进一步增强。他们有时是接到失踪者父母的报案而来，有时是早上路过事发地、检查汽车而发现了惨案。在1969年马里兰州伦纳德镇的一个版本中，警察发出警告：“小姐，请从车里出来，到我们警车里去，但不要回头看！”（讲述者补充说，关于那个凶手，“大家都认为是‘钩人’干的”，参见第三章。）在1971年从得克萨斯州搜集到的一个版本中，警察的警告更为详细：“年轻人，我们要你从车里出来，到我们这儿来。无论如何，别转身，别回头，一直往前走，别回头看车！”警察说得越是详细，传说就越像是实有其事。自然，民间叙事情节发展的标准规律起作用了：禁忌必须被破坏（有的学者表述为“违反禁令”），年轻女子到底还是回头看了，像希腊神话中冥界的奥菲斯（Orpheus）所做的那样。在很多版本中，年轻女子因所看到的景象而受到惊吓，头发一下子变白了。

在一个1973年搜集于加拿大安大略省威罗代尔（Willowdale）、由一个14岁的男孩讲述的版本中，警察的警告一笔带过，但传说的开头交代得更为详细，其中还有几处特别的细节，包括在“钩人”传说中常见的细节——从车内收音机中听到警告。姑娘被弃离时的情景，也更加栩栩如生：

> 一个小伙子和他的女朋友开车去参加晚会，半路汽车出了毛病。就在这时候，他们听到了收音机里播放的新闻，说一个疯子杀手从当地的精神病院里逃出来了。女朋友听后心慌意乱，汽车这时也彻底抛锚了。小伙子下车去捣鼓发动机，却怎么也没办法修好。他决定步行到前方的加油站去叫拖车，让女友待在车里。女友害怕，求他带着自己一块儿去。小伙子说："你躺在车里，盖上毯子，路过的人就会以为这是辆弃车，没人会打扰你。"小伙子心想，他自己可以飞快地跑去，要是带着身穿晚礼服、脚蹬高跟鞋的女友，速度就会慢得多。女孩最后同意了。小伙子告诉她，待在车里不要出来，直到听到他敲击三下车窗的暗号……

她确实听到了敲击声，但三声过后，这怪诞的敲击声仍然持续不断。原来这声音是男友的尸体挂在树上随风摆动，鞋子碰到车顶所致。

口头叙事的讲述风格值得关注，在实际的讲述活动中，生动、流畅、扣人心弦、引人共鸣的传说，在印制成书面文字时，有可能显得呆板乏味。在我们所有的"男友之死"传说的版本中，所缺少的是讲述语境的基本因素——传说讲述的背景，讲述者的声音、表情和手势，听众的反应，以及同时讲述的其他故事的情况。有些讲述者说，他们是在让人觉得害怕的一些场合听到这些传说的：半夜三更、墓地旁、野营时，甚至"坐夜车出游时"，还有的是在传说中的凶案发生地附近。学生们把这些传说称为"吓人故事""恐怖传说"。

这类广泛流传的民间传说，在口头传播的过程中，借助于各讲述者插入的地方化细节，增添了不少可信度和影响力。在堪萨斯州的版本中，高速公路和汽车旅馆的细节就是很好的例子。在新奥尔良州的版本中，“男友之死”与一个当地青少年的传说相结合，讲述了一个在当地神出鬼没的半人半羊魔鬼的故事。有一个少年这样说：“有一对男女外出去湖边，结果早上人们发现他俩被倒吊在树上，听说是半人半羊魔鬼干的。”最终，都市传说与关于失踪者或者残暴行径的传言和新闻故事融合在一起，对前者的真实性推波助澜，或者在其较少出现的时候旧话重提，不断流传。

即使是详尽的书面文本，也多少保留了口头传说的印记。在堪萨斯州的文本中，目击者很巧妙地运用了口头叙事典型的三段重复式：“唉，他没回来啊他没回来……他还是没回来。”同时，重复使用“唉”“啊”来连接句子，并使用其他口语化的字词，使故事讲述者的讲述收放自如，既可以避免听众插嘴打断，又防止听众走神。事件的背景——偏僻的道路，夜晚，汽车上方阴森森的大树，汽油耗尽；声效——汽车外的抓挠刮擦或碰击声，还有警察出现的部分以及突兀的结尾：“她回头了，她看见了……”都是口头叙事风格的体现。“男友之死”的讲述者和听众们，都可能有过外出泊车的经历，受到过传言、奇怪的景物和声音或者汽车事故的惊吓（他们听到过的其他泊车传说，更使恐惧心理加重）。这一传说版本突兀、未完成的结尾，更是给听众留下了“到底发生了什么”的广阔的想象空间。

作为文化符号的都市传说

如果传说具备以下三个基本元素：很强的故事性、一定的可信度、一定的警示意义，它们就可以作为鲜活的口头民俗保留在我们的文化中。“男友之死”这类流行故事，不仅情节引人入胜，而且确有人信以为真。传说的主要训诫通常直接明晰地以警告的形式出现，次要训诫则多以暗喻象征的形式表现，以此对社会环境和人类行为进行更深入的批评。

人们花时间讲述和聆听传说，不仅仅是因为其奇异有趣的情节，更深层的原因是它传达了真实的、有价值的、与自己息息相关的信息。换言之，这些故事是以吸引人的方式传达给我们的颇有深意的“新闻”。都市传说与电视台等媒体有异曲同工之处：它们都关注死亡、伤害、绑架、悲剧、丑闻等。显然，大众传媒和流行文化不能完全满足人类互相接触交流的基本需求，我们还要从面对面的交流中了解自己感兴趣的事情。

从字面上看，“男友之死”这样的故事只是警告年轻人应躲避类似的危险情境；但在更具训诫意义的层次上，传说反映了人类（特别是妇女和年轻人）对远离安全范围、处于陌生黑暗环境中的恐惧。我们注意到，在此类故事中，年轻的女性（一般都穿着高跟鞋和晚礼服）总是十分无助和被动：蜷缩在毯子里待在车上，直到救援人员的到来。这类情节一再出现在时下流行的都市传说中，正如我们所看到的那样。

一般的民间传说，其主要功能通常是试图解释自然界不寻常的、超自然的事件。在某种程度上，都市传说也有此功能，但它们在当今更常见的功能，是显示当代生活中也会发生令人震惊的事件，而且你的朋友或熟人就是当事人，当然人们也能找出些貌似合理的理由来加以解释。我们一方面希望这些传说摄人心魄；另一方面又希望从中找到合理的解释或结论。因此，青少年们讲述的恐怖故事中的杀人犯往往是一个在逃的疯子，而不是外星人或人形怪物；汽车里的广播电台有时会跟现实生活中一样发出警告；警察最终会控制局面（实际上，随着传说的流传，故事中警察的作用越来越大）；年轻的情侣只有在独处并且受到惊吓的时候才容易受到伤害，但此时社会中的成年人和保护者们则会及时赶来相救。

与未经证实的报告（“谣传”）相似，都市传说满足了我们对可能发生的、奇异的、恐怖的、有潜在危险的事件的好奇心。非正式的谣传和传说填补了专业新闻报道所留下的空白，这些丰富多彩的“真实”故事（尽管通常是虚假的），可谓是当今高科技世界中传播的民间新闻。

都市传说的阐释

从自然语境中搜集完整的口头文本，辅以传说讲述者和听众的背景资料，是可靠地阐释民间叙事社会意义和功能的基础。从大众传媒采集到的文本，需要确认其发生的时间、地点和受众。应根据搜集的样本，尽可能地弄清故事的历史和分布状况。过去的民间叙事研究未能完全符合上述要求，当今和未来的搜集者应以此为目标，保存完整的故事及讲述者资料。就都市传说而言，这更应成为标准的程序，因为它们是易于观察的、不断发展的民俗文化。即使是不完整的资料，亦有可能通过评析比较而获得关于其意义的有价值的结论。民俗学家认为，不存在无意义的文化资料，任何来自某一文化的资料，都有助于了解同一文化中的其他资料。

任何现存的口头传统，如故事讲述，都包含着特定的固定元素，同时也包含着另外一些经常变化的元素。在集体再创作的过程中，某一民众群体中的人们将新的材料吸收到自己的口头文化中，然后通过创造性的复述加以再造，由此产生的口头叙事不免有类型化、公式化的特征，但其细节却是变化活泛的。对都市传说之类口头叙事传统进行鉴别和分类，首先要做的就是区分其固定元素和可变元素。都市传说的固定元素，通常指情节中基本进程的概括描述，如“男友之死”中泊车的男女、外面的危险、救援、恐怖的结局等。将这些抽取出来的元素与其他传统传说中的故事元素加以比较，可以看出它们的内在结构样式，正好吻合常见的二元对立：老人/青年、生/死、在家/出走、好/坏、现实/幻想等。另外一个典型的样式是三段式叙事，高潮在第三段出现。从这些样式中，我们可以发现或隐或显的故事的象征意义的线索。

同其他口头民俗一样，都市传说有两种变异。许多传说的变化是为适应当地环境而进行的合理改动，既然把传说看成实有之事，讲述者会细述人名、地点、时间和情境。超越地方色彩的变异是：对新角色、物件或情节元素的描述，以及讲述者对传说的解释（有时被称为“口头文学批评”）。当其他讲述者复述或扩展这些可变元素时，它们便作为一种文化符号进入更宽泛的传统之中。比较民俗学研究表明，诸如“破禁”“头发因恐惧而变白”等古老母题，也进入了“男友之死”这样的新传说中。

除了都市传说的文本材料，与传说主题相关联的当代社会生活和文化，亦应被民俗学家们纳入研究的范围。民俗学家应当考察民俗之外的其他文化是怎样表述同一主题的，这在大众文化、公共机构（如学校和教堂）、家庭生活方式、社会影响等方面都可能找到证据。

都市传说的自然语境是研究的重要方面。了解谁讲述传说、什么时候讲述、对谁讲述、为什么讲述等，对我们阐释传说的功能和意义大有帮助。通常，我们的语境和背景资料只局限在姓名、年龄、性别、地址等方面，很少见到对实际讲述事件进行详尽描述的学术研究。都市传说的研究应在广泛搜集社会、文化和讲述语境资料的基础上进一步深入下去。

第二章

经典的汽车传说

作为美国都市传说的讲述者，无论是青少年还是成年人，都属于流动性很强、生活相当富裕的人群，因此他们自然而然地喜欢有关私家车和公路的故事。前人的许多传说大都讲述有关闹鬼的屋子、打猎的冒险经历、魔法等故事，相比之下，关于私家车、愉快的旅途和宽阔大路的故事就更受现代人欢迎了。

在许多著名的都市传说中，汽车扮演了极为重要的角色。汽车让年轻人可以在相当长的时间里离开家庭甚至抛开邻居、伙伴（除了约会的对象或者亲近的朋友）。对中产阶级或者处于更低层的人来说，汽车可以使他们暂时逃离单调的家庭、邻居或者郊区等地。因此，人们对汽车的兴趣越来越浓厚，拥有汽车的人越来越多，第二次世界大战以来更是如此。这种趋势不仅对社会习俗和道德观念产生了极大的影响，而且对当代传说的影响也不可估量。都市传说“死亡之车”便是一个极好的例子，它是一个经典的汽车传说，表现的是一种想拥有汽车的强烈欲望。从20世纪30年代以来，它不断地被传媒翻炒更新。以下这个简要的故事版本，来自一位1969年选修了我的民俗学课的学生的论文。

“死亡之车”

一位来自洛杉矶的朋友兴奋地告诉我说，她仅花500美元就可以买到一辆价值5400美元的保时捷跑车。此车的价钱这么便宜，是因为它曾在莫哈韦沙漠里停放了一周，车上躺着个死人，车里的死人味道怎么也除不掉。

这只是故事的梗概，它包括以下这些重复出现的主题：昂贵的车、便宜的价格、自杀或谋杀、长时间没有被发现的尸体、除不掉的味道。关于故事中的“车”，班上的其他学生有的说是一辆福特雷鸟，有的说是通用汽车，有的说是“一辆1971年出产的轻型巡洋舰车，在爱达荷州波伊西的广告中只售75美元”。理查德·多尔森（Richard M. Dorson）描绘了许多民俗学家共有的经历：“我（在密歇根州立大学）所教的每一个民俗学班都有学生知道而且相信这个故事。”在密歇根，多尔森把传说追溯到1944年，当时它还是一个无名故事，所谈论的车通常是一辆别克或者凯迪拉克。接着，他又追踪到密歇根中部的黑人小社区麦克斯达，在这里找到了第一手资料：1938年，在这个小区发生了一起自杀事件，其中的人物有真实姓名，自杀事件发生了3个月都没有被发现，有关的车是一辆装饰显眼的1929年产福特车。在比较了所有的资料之后，他得出结论：尽管表面上看不太可能，但这肯定是广为流传的“死亡之车”故事的发源地。

英国利兹大学的民俗学家斯图尔特·桑德森（Stewart Sanderson）在一篇题为《汽车民俗》的文章中，指出此传说的英国版本叫“无法消除的血迹”，讲述的是一个男人自杀时的血溅到了车上，而后这辆车被其妻“以象征性的价格”卖了出去的故事。桑德森在文章中说，这个故事自1951年起在英格兰各地流传开来。

“死亡之车”这个故事从表面上看常常更像一个谣言——一个结构散乱、得不到证实、口头传播的匿名谣言，而不像一个传说——一个完整的、成熟的、口头传播的“真实”故事。实际上，“死亡之车”往往是突然出现，像谣言般流传几个星期或几个月，然后又销声匿迹了。由于故事中包含了“捡便宜”这个颇招人喜爱的主题，所以它特别受青少年的欢迎（尽管也有许多成年人知道它）。顺便说一下，故事中汽车的价格不断地上涨：40年代大约是50美元，而50、60年代则涨到500美元。一些具有地方性的内容逐渐被添加到这个“谣言”里，从而把它变成了一个完整的故事。以下这个马里兰大学学生的版本可资佐证，其结尾处表达了他对某个汽车经销商的厌恶情绪：

> 你认识大学道上那个汽车店主吗？他专门卖旧车。听说几年前他收购了一辆红色的轻型巡洋舰车，原车主被杀之后曾被藏在后备箱里。那个店主把车清理干净，重新喷上漆以后卖给一个人，一周以后这个人就把车退了回来，说车里总是有一股难闻的味道清除不掉，之后又有好几个人买

了它然后又退了它。现在这辆车还是卖不出去，价钱大概是100美元。不过他这是活该。反正那是一家宰人的店，我希望他这辆车永远都卖不出去。

无论是讲述者还是听众都对这个故事的真实性深信不疑，或者认为它至少是根据真实事件而来，但是这样的都市传说依旧属于传说，这是毫无疑问的。有趣的是，几乎没有人遇到过足够多的版本，从而使他们对这些故事的真实性产生疑问，即使有，他们也很难对这些各色各样口头传播版本的可信性产生怀疑。同样令人吃惊的是，除了少数几个民俗学家或记者之外，几乎没有人带着足够的好奇心，根据所谓的第一手资料追踪下去，因而人们不可避免地走入了死胡同。（多尔森曾报告说，在密歇根州的兰辛，别克车经销商接到过无数个电话询问那辆不曾存在的、带有味道的便宜车。难道那些经销商从来没有向打电话的人揭穿这个故事的荒诞性？抑或，这样的传说到底能否被终止？）我认为，对这种情况的解释主要有赖于传说的本质。首先，人们喜欢听一个好故事而不过分追究其由来，这完全是我们的传统。其次，相信一个传说的真实性和相信地球是圆的或重力的存在是两回事，因为一个“真实的”故事首先是一个故事，而不是科学原理。再次，传说满足了人们的某些需要，比如对警示（别停放车辆）、解释（如果停车可能会发生什么）、合乎经济原则（便宜没好货）等的需要，这些需要使人们无暇追究绝对的真实性。一个带有恐怖性质的上好的神秘传说在民俗中所具有的魅力和持久性，大可以与一部小说或影片相媲美，而此类“民间”传说对学者所具有的意义和其在大众文化传媒或文学中的出现同等重要。

“花心男人的保时捷”

既然“死亡之车”好像从来没有出现在汽车销售店，而且那种死人味道对想开跑车的人来说是可以忍受的，我们不妨来听听这个同样令人深信不疑的传说，只不过稍微缺少让人惊异的内容：“花心男人的保时捷”。安·兰德斯（Ann Landers）在1979年发表了这个旧故事——是一位忠实的读者寄给她的，此人声称自己是在《芝加哥论坛报》读到这则消息的：

> 洛杉矶的一个年轻人在报上看到一则广告，内容为“一辆几乎全新的保时捷，性能良好，售价仅50美元”。他觉得肯定是报纸印错了，即便是卖5000美元，这个价钱也很公道。于是他就按照地址去找，想看个究竟。
>
> 一个漂亮女人声称她的确登了广告，车价是50美元。她说：“车在车库里，过来看看吧。”
>
> 车很漂亮，而且跟广告上说的一样——几乎全新。此人喜出望外，他问是否可以开车在周围转一圈，那个女人说：“当然。”接着就和他上了车。

这辆保时捷的性能非常好，跑起来快得令人难以置信。那个年轻人赶快掏出50美元，怯怯地交给身边的女人。那个女人把有关材料给了他，然后车就是他的了。

最后，这位新车主实在忍不住了，他想知道为什么那个女人用如此低的价钱把这么好的保时捷卖了。那个女人微微一笑，说："几天前我的丈夫和他的秘书私奔了，留下纸条让我帮他把车和房子卖出去，然后把钱寄给他。"

安·兰德斯对人类的天性及其研究过程中的受访人抱有信心，因此她认为这个故事是真的，并且还询问了《芝加哥论坛报》的执行编辑。"他也看过这个故事，觉得挺有趣的，"安报告说，"不过研究者们却没在他们的报上找到这个消息。但是，这件事确实发生了，而且曾经在某地是一个新闻故事。"

让我们想想：一个人如果要和他的秘书私奔，为什么不驾着保时捷走呢（很可能这是秘书爱上他的原因之一）？让他那可怜的被抛弃的妻子去卖掉他的财产，他能信得过她吗？不出所料，我们找到了和它基本相同的其他版本的故事，有的版本的结尾是那个女人说，她卖车是为了实现其丈夫的遗愿，因为遗嘱里提到让她把车卖了，然后把钱交给他的情妇。此类形式的故事从1948年到1969年一直在英格兰流传，而且在当地的报纸上多次出现。对于故事的主题——花心男人的车由愤怒的妻子（或寡妇）低价出售——这两种处理方式都把一种实实在在的"出口气"的快感戏剧化了。

路边幽灵："消失的搭车客"

旧篇新章最好的例证是"消失的搭车客"——一个经典的汽车传说。这个关于幽灵的传说于20世纪初在美国及其他国家开始出现，在大萧条时期被添加了新的汽车主题，之后变成一些差异较大的模式类型，包含了一连串奇特的细节，其中的某些情节甚至来自早年的民间传说。在40多年来搜集的许许多多"消失的搭车客"版本中，我们随意挑选几个，便可以追寻这个传说令人难以置信的发展过程。以下这个版本是由一个多伦多的少年在1973年讲述的，当然大部分读者可能已经听说过属于本地的一段"真实"记载了（或者是两三段了），其内容和下面的相似：

A

哦，这是关于我的一个女朋友的最要好的朋友及其父亲的故事。他们从别墅回家时开车行驶在一条乡村公路上，突然看见一个女孩在路边示意要搭顺风车。他们停下来让她上车，她坐到后座上，对这对父女说顺着这条路再往前走5英里便到她的住处了。之后她没再说什么话，只是扭头看着窗外。父亲一直往前开，直到看到房子时停下车，转过身去告诉她已经到了——可是她不见了！父女俩大为疑惑，于是决定过去敲门，告诉屋里的人刚才发生的事。住在里面的人告诉这对父女，他们以前有个女儿，长得和他们所说的搭车女孩一模一样，今天本来是她的生日，但是她几年前就失踪了，并且就在这条路上，许多人见过她在路边要求搭顺风车。

这个故事版本包含了一些基本的要素——不一定是最初的要素——自从20世纪30年代初期以来，在口头传播或者偶尔在报纸报道中，这些成分已经是众所周知了。在下面这个来自南卡罗莱纳的版本中，这些固定的基本元素都用括号标注了，这是南卡罗莱纳写作项目的参加者在1935—1941年间搜集的：

B 有一天晚上［背景］，一个住在斯巴达巴格［真实性证明］的旅客［司机］正在开车回家的路上，这时他看见路边有一个妇女［搭车客］。他停车问那个女人要不要捎她一程。那个女人说她要去看她的哥哥，哥哥的家就在这条路上，再走3英里就到了［地址］。他请这个女人上车并要她坐在他身边，但那个女人说要坐在后座上［选择座位］。刚开始他们聊了几句，不久女人就不说话了。这个人一直把车开到女人哥哥的家（因为他认识她的哥哥［真实性的进一步证明］），然后停下来让她下车。但当他回头看时，发现车里并没有人［消失了］。他觉得好奇怪［好奇或关心］，于是走进屋里去告诉那位哥哥刚刚发生的事。女人的哥哥对此毫不吃惊，并说这个女人确实是他的妹妹，她在两年前死了［身份］，还说这位旅客是第七个在这条路上让他妹妹搭车的人了，可是妹妹却从没到家。

在这个基本故事的基础上产生的版本有无数个，想要用时间表将它们进行归纳总结时，会遇到的障碍是，当一个版本碰巧被搜集和发表时，这个日期与其在传说中的可能时代并没有关系；另一个会碰到的困难是，一条原则，即任何时候当传说被沿用到某个语境中时，都会由于许多具体细节而使故事变得极其本地化和理性化。比如，由于情节的几个地方被扭曲而产生的这个1935年的版本（它来自加利福尼亚的伯克利）：

C

这个故事是从杜兰特街的公寓中传开的，已经被当成真实故事讲过好几回了。故事和讲述者的一位朋友有关。在一个雨夜，他的这位朋友开车走在希尔斯特街上。当他来到北门时（希尔斯特街和尤克利德街交界处），看见一个女学生腋下夹着一本书在等电车。而这时候电车已经停运，因此他请她搭便车。这位女学生住在尤克利德街，于是他们就沿这条街开了好长一段路，还一边开一边聊天。在经过一个十字街口时，突然有一辆车从陡坡上冲下来。如果不是女孩及时拉起手刹，两辆车肯定会撞毁［独特的细节］。开车的人惊呆了，坐在车里直盯着迎面而来的车，而那辆车则绕过他继续往前开。过了一会儿他才想起同车的伙伴，便回过头去看，却发现她已经不在车上了。他想既然已经离她家很近了，那个女孩可能已经直接下车走回家了，但他发现女孩的书忘在座位上了，于是第二天他便去还书。女孩的父亲——一位英语教授——在家，他说那个女孩是他的女儿，但是两年前在一起车祸中丧生了。不过既然他带着书，女孩的父亲就把书拿到书房里，令他吃惊的是原来放这本书的地方是空的。

严格来说，一个都市背景下的故事的客观事实要经得起更精确和彻底的推敲。1941年加利福尼亚大学的罗莎莉·汉基（Rosalie Hankey）在为研究“消失的搭车客”搜集资料时，试图核实伯克利的具体事故报告。有一个版本中的车祸应该发生在1935—1936年间，地点是大学和班克罗夫特交界处。但是在翻检1934—1937年间伯克利的城市记录时，汉基只找到一起伤人事故，但没有造成死亡。

在这个故事中，有关搭车客实际存在的具体“证据”及其作为某人幽灵的身份一直是关键主题。除了留下书以外，与其有关的物件可能是钱包、行李箱、毛毯、毛衣、围巾或其他衣物，或者干脆是脚印或水迹。表明其身份的有：她的东西、司机对她的描绘、女孩的名字、她在钢琴上或者壁炉架上的照片、所穿的衣服和她作为幽灵出现时的衣着一样。在一些版本中，她所穿的衣服（自己的或从司机处借来的衣服）或者照片（有时候两者皆有）的细节把故事的高潮移到一片墓地上。此外，在有些版本中，女孩要求搭顺风车的地点是俱乐部或者舞会上，而非路边，以下发生在洛杉矶的故事便是一例（1940年）：

D: **这件事发生在我认识的一个人身上。有一天晚上，他和朋友在洛杉矶市中心的一家娱乐城喝啤酒。在那儿，一个女孩问他们能否送她回家，因为她和他们住在同一个街区（贝尔维迪尔花园）。于是他们一起上了车，她坐在后座上。那天晚上很冷，所以女孩向他们借了一件外套。当他们经过长青墓地时，女孩请他们稍停一会儿。他们停下来让她下车，然后等着。但是女孩一直没回来，他们就以为她把外套偷走了。但是他们越想越不对劲儿，于是下车去找，**

结果发现那件外套挂在一块墓碑上，墓碑上照片中的女孩正是刚才要求送她回家的那个。

多数版本都是首先通过和女孩家人的对话交代她的身份和死亡的时间，然后再和借来的外套或毛衣的情节结合起来达到故事高潮。不过例D却暗示了一种有趣的现象，即在受欢迎的都市传说情节的基础上，有可能制造出幽灵搭顺风车的恶作剧。

在涉及照片和身份主题的“消失的搭车客”故事中，一些其他的特征常常发生变化，司机可能是个出租车司机，而乘客可能是一个修女，她经常传递一些预言性的消息——虽然不可靠——然后才从后座上消失。以下的例子发生在1941年12月的芝加哥：

E

（这个神秘的故事去年冬天在这里盛传，而最初我是从一个朋友的芝加哥朋友的邻居那里听来的。）

出租车司机迈克讲了这个发生在12月初的神秘故事。当他在芝加哥市中心慢悠悠地开着车时，一个年长的天主教修女上了他的车，说要到某街去。他开着收音机，还和修女谈论了一会儿珍珠港事件，修女说“顶多再持续4个月”。到达目的地时迈克意外地发现后座上空无一人。由于担心这位老妇人逃车费，他赶紧下车寻找。那是一座修道院，迈克对院长说一位修女没有付车费就失踪了。“她长什么样？”院长问道，并解释说那天修道院里没有修女上街。当迈克在描绘她的模样时，碰巧看到在桌子后面的墙上挂着一幅照片。“就是她。”迈克指着照片说，并暗自想他肯定可以拿到车费。但是院长微笑着说：“可是她10年前就死了。”

ROSE M

在旧金山搜集到的传说版本中还讲到，第二天那位出租车司机在一座“与真人一样大小的圣母玛丽亚雕像”上认出了他的乘客。而在一些纽约金斯顿的版本中，乘客被认出来是卡布莱尼院长——第一位被封为天主教圣徒的美国公民。

在上面这个故事开始流传的8年前，一些和1933—1934年间的“世博会”有关的“预言乘客”版本在芝加哥地区就出现了。以下这个来自1933年伊利诺伊州的乔利亚特的例子就很典型：

F: 开车去芝加哥参加“世博会”的人们在路上遇到了一个拿着行李包站在路边的妇女。他们请她上车，她上了车，不过她的脸很黑，人们看不清楚。妇女和他们闲聊，说了一个预言：“这个世博会将在9月间沉到密歇根湖里去。”她还把自己在芝加哥的地址给了他们并让他们有空给那里打电话。当人们再次转过身来要和她说话时，却找不到她——她消失了。人们按照地址去寻找时，一个男人出现了，他是那个女人的丈夫。当听完故事之后，他说：“是的，那是我的妻子。她在4年前死了。”

民间传说的变异规律再一次得到了证明，预言乘客的这个传说需要一个新的更准确的“证据”，而“车里的尸体”这个情节所起的作用正是如此。以下这则发表在《旧金山新闻》（1942年1月26日）上的典型报道显示，“消失”的主题本身从故事中消失了。（另一种可能是，“车里的尸体”是另一个传说，它和“消失的搭车客”同时出现。）

G: 印第安纳州布鲁夫顿1月25日消息：印第安纳州埃尔伍德

的罗伯特·纳丁夫人今天讲述了这样一个故事。她和丈夫在开车去印第安纳波利斯探望其姐姐奥古斯特·莱恩古伯夫人的路上，看见一个老人在路上走着，于是他们便让他搭便车。“我没有钱回报你的好意，”老人下车时说，“不过我可以回答你的任何问题。”纳丁夫人问战争何时结束。“这很容易，”他说，“7月份。”纳丁夫人笑了，但是搭车客重复了他的预言并且说肯定会实现，“正如你们到家前车里将会有一个死人一样。”

当他们快到印第安纳波利斯时，有一辆救护车要超过纳丁家的车，结果刹车不及翻到沟里去了。救护车司机请求纳丁把病人送到印第安纳波利斯的一家医院。但等他们到达时病人已经死了。

在都市传说中，“消失的搭车客”与众不同，因为它来源于早期的超自然民间传说，而且还与外国的先辈们有关。据说许多幽灵是在永不停息地回家寻求和平和满足——比如“飞翔的荷兰人”。民俗学家路易斯·C. 琼斯（Louis C. Jones）引用了许多纽约州版本的故事——其中一些和欧洲移民讲述者有关——时间可以追溯到19世纪晚期，而且相关人物是骑在马背上的旅行者，从而把此类故事和传统的幽灵传说联系起来了。例如下面这个传说：

H

（由凯瑟琳·S. 马丁于1943年搜集，它来自其母亲格雷斯·C. 马丁，这位母亲住在小镇达尔摩，位于纽约州奥尔巴尼西南方8英里处，当时她还是个小女孩，此故事发生在19世纪90年代。）

母亲讲述了她听来的关于幽灵骑手的传说，当年轻人在赶

> 往聚会的路上，经过达尔摩附近的某片树林时，幽灵常常跳到他们的马背上。而当他们到达目的地时，那个幽灵就消失了。她是个女的。听说她是出于嫉妒才这么做的，不过她并没有伤害他们。

1941年万斯·伦道夫（Vance Randolph）在阿肯色州的霍姆山搜集了一个同类型的传说，这是一个讲述得颇艺术、又长又详细的版本。其中的女孩坐在一个年轻男子后面，两人共骑一匹马，她抱着他并朝他的脖子呼气。她说她叫露西，要在不远处的家门口下马，她的家在一小片乡村墓地附近。年轻人骑马到她家，并且和她的父亲斯特普尔顿法官一起吃了晚餐，以下是第二天早上年轻人和女孩父亲之间的谈话：

> ……法官说他和妻子一年前刚搬到这里。“过去我们住的地方在沿路走过去2英里处。那房子被雷击中着火了。全部都烧光了，只剩下那个旧烟囱。”年轻人说：“是的，昨晚我经过那里时看见那个烟囱了［那是他让露西上马的地方］。”“失去房子我并不痛心，”法官说，“只是当时我们的女儿卧病在床。我们把她抱到门口，可是她因为受惊过度，当天晚上就死了。”
>
> 年轻人呆坐在那里，只听见法官继续讲他的女儿如何可爱，他和老伴儿如今多么孤单。“我们把她埋在那片小墓地里，”法官说，“你从前面走廊可以看见她的墓碑，我妻子每天都要走过去，在坟边上待一会儿，风雨无阻。”
>
> 四周一片寂静，这时候年轻人问：“你的女儿叫什么名字？”尽管法官的话听起来有些滑稽，但是他不得不问。

"她叫露西。"法官说。

另外还有3个版本分别来自伊利诺伊州和佐治亚州，据讲述者说分别发生在1876年、1912年和1920年，其中的乘客被置于一辆马车里。琼斯教授还请大家注意一个从加利福尼亚州的移民那里搜集到的有关中国人的故事，其中的幽灵是一个漂亮女子，她和一个年轻男子一起沿路走到她的父母家，接着就消失了。有趣的是，在一个和美国传说极其相似的版本中，那个中国女子走在男子的后面（就像搭车客总是坐在汽车或马车的后座一样），所以他必须转过身去才能发现那个女子消失了。而且，那位父亲的反应也完全一样："是的，她就是在那个地方死的。是她的灵魂把你带到这里来的。"读了这些汽车出现之前的早期版本，我们自然会同意路易斯·琼斯所得出的结论："非幽灵的主题已经逐渐绝迹，而随着交通工具的变化，更具生命力的幽灵传说也随之改头换面，就像马车让位于汽车一样。"也许还需指出，在汽车时代，消失的搭车客传说的数量比早期徒步或坐马车时代要多得多，流传的地域也广得多，而且我们对这个传说类型的国外和国内版本之间的联系，或者19世纪和20世纪版本之间的联系的探寻工作还远远没有完成。

加利福尼亚大学洛杉矶分校的大木春夫（Haruo Aoki）在这方面便有所收获，他在1954年发表了一个韩国的搭车幽灵传说，此故事和美国版本的传说有几处令人惊讶地相似。大木春夫是在1941年听到这个传说的，这说明至少在美日战争（珍珠港事件）爆发的前几年，这个传说便在美国和远东有了相当广泛的影响（很可能是通过在西方工作的东方人传播的）。

大约午夜时分，（韩国）群山市的冈达区出租汽车公司接到来自火葬场的电话，有人叫了一辆出租车。于是出租车司机在火葬场门前接了一位20来岁的年轻妇女，目的地是沈先生的五金商店。（春夫补充说：“我的祖母是沈先生夫妇的好朋友，这件事是她在回忆往事时说的。”）当车到达美齐街沈先生的商店处时，乘车的女孩告诉司机她身上没带钱，要司机等她进去取。由于沈先生的商店在这个地方已经开了好几年了，而且名声很好，因此司机就在外面等着，一点儿也不担心。可是，女孩却再也没有出来，最后司机等得不耐烦了，就过去敲门。过了好久，睡眼蒙眬的沈夫人才来开门，并问司机要干什么。她对刚才女孩的事似乎毫不知情。当司机说明来意，并向她描述女孩的样子之后，沈夫人便领着司机去看挂在墙上的女儿的照片。几天前她的女儿刚去世，其尸体正是被送到这个火葬场的。看了照片，那位司机马上就认出那个女孩来了，之后就大病了一场。

我们在前面已看到，通过照片识别身份的情节已经变成许多美国版本所共有的特征，而以下这则来自国外的传说也有与其类似的“照片”情节。这是一个1890年在俄国的彼得堡盛传的故事，来自1890年12月16日的《公民报》。1964年，威廉·B. 埃杰顿（William B. Edgerton）在莫斯科的列宁图书馆发现了它：

K

最近镇上流传着一个值得注意的故事，唯一让人怀疑的是它的真实性，或许有几分属实。前些天，在塞尔吉夫斯卡亚街的某处或者附近，一位牧师在做完礼拜之后拿着圣餐来到某个公寓。一位年轻人来开门。

“有人叫我到这儿来把圣餐交给一位病人。”牧师说。

“你肯定搞错了，这里只住着我一个人。”

“不，今天有一位妇女找到我，给了我这个地址，还让我把圣餐交给住在这里的那个人。”

年轻人疑惑不解。

“你看，就是那位妇女让我来的。”牧师指着墙上挂着的一幅照片说。

“照片里的那个人是我去世的妈妈。”

这时候年轻人心中充满了敬畏和恐惧，在这种情况下，他收下了圣餐。

当天晚上他就死了。

此故事的另一个版本——幽灵为即将死去的人求助——于1942年在伦敦出现，其中有关的人不是牧师而是一位医生。而大约在1932年流传于加利福尼亚的一个“消失的搭车客”的版本则涉及了这样的情节：那个幽灵是位老妇人，她试图来到即将死去的儿子床边。故事中，当那个搭车客消失之后，驾车的司机赶到目的地，这时候那个年轻人刚刚死去（可以猜想，幽灵正好及时赶到床前抚慰她那即将死去的儿子）。有些民俗学家可能会认为，通过照片来辨认消失的搭车客，这种方法是最“自然”不过的事了，此情节完全可能是杜撰出来的，而且不止一次被人们编进故事里。这种看法被称为“多种起源论”，而且无论从哪个方面都无法得以证实。

因此，人们对“消失的搭车客”及其各种版本最初起源的追踪就此打住。然而在当代传说中，此类传说却不断地被赋予新的内容、添加地方特色。这表明，这个古老的幽灵传说对当代的民众有其独特的魅力。比如在夏威夷，从20世纪30年代中期以来，这个故事就以不同的形式流传，其中的搭车客与古老的夏威夷火山女神佩里(Pele)有关。夏威夷大学的凯瑟琳·卢欧玛拉(Katharine Luomala)及其学生搜集了48个有关佩里搭顺风车的版本，还有3个关于佩里在檀香山的豪华酒店里消失的故事。印第安纳大学的民俗学家菲利普·布兰特·乔治(Philip Brandt George)发现，在完全不同的都市背景下——印第安纳盖瑞市的克莱恩大街、芝加哥东部、印第安纳哈蒙德市——流传着“消失的搭车客”与传统的墨西哥幽灵罗洛纳(La Llorona)或名为“哭泣的女人”相结合的故事。在这种与美国文化传统相结合的故事中，最突出的要数“消失的搭车客”与摩门教“三圣徒”的结合。据犹他州的民俗学家威廉·A. 韦尔森(William A. Wilson)报告，这个合并故事“在1955—1965年间是摩门教民间传说中最受欢迎和最具影响力的故事”。

据《摩门经》记载，摩门教三圣徒是耶稣的弟子，他们下凡到人间，直到耶稣第二次降临之时，而且他们“能够随心所欲地变成任何人”(引自《摩门经》)。关于他们的口头传说——通常是当摩门教徒需要他们或者有难之时单独出现——自19世纪以来在摩门教徒中广为流传，其中第一个有关圣徒搭顺风车的故事出现在1938年。在20世纪50、60年代流传的版本中，经常包含着劝导摩门教徒参加食物储藏计划的一条具体警示，这是自1936年以来摩门教堂为了防灾而力劝教徒们做的事情。这些有关圣徒搭便车的故事，有一些还可追溯到早年的开荒时期，不过大部分都被现代化了，以下便是一例：

L
在犹他州的奥格登，我们区里(摩门教圣区)一个救济会(摩门教妇女组织)的姐妹说，有一天她去另一个教区参加宣誓大会，做证的一位妇女讲了这样一个故事。一个星期

六的上午，她和一位朋友正赶着去参加摩门教集会，当她进入奥格登峡谷的时候，一个老人在路边示意要搭便车。通常情况下她是不会随便请陌生人搭车的，但是老人看上去很累，而且他有一副善良的面孔，于是她停下车让老人上车。老人很感激，接着他们继续赶路。闲谈了几分钟之后他问这两位女士要去哪里。当得知她们要去教堂时，他便开始谈论福利计划。他说不久的将来会有一段急需物资的时期，并要她们储存至少可以食用两年的食物［官方教堂提倡储存一年的物资，可是民间却经常传说需要两年的存储量］。他还说这次饥荒谁也逃不了，因此大家都应该为此做好准备。开车的妇女听了这话很惊奇，就转过头去问他是否也是教会成员。可是老人却不见了，不像几分钟之前那样坐在她的身后了。她们说这个人个子不高，蓝眼睛，留着灰白胡子，身穿一件旧的燕尾服，颇像18世纪教会成员的打扮。

韦尔森教授在杨伯翰大学的民俗档案中比较研究了50个“消失的圣徒搭车客”传说，他指出，在许多版本中都有摩门教教徒在赶去摩门教堂的路上遇见幽灵这一情节，而只有合格的成员才能进入这种教堂，因此这样的故事在摩门教徒中就有很高的可信度。此外，关于《摩门经》中的预言——即将发生灾难，所以应该储藏食物也被教徒广泛接受。韦尔森教授还指出，有一些摩门教教徒认为其中的灾难与朝鲜战争和冷战有关，因此这个时期有利于传播此类故事。但是对这些故事里是否真的包含了上帝的旨意，摩门教教会当局却轻描淡写。韦尔森指出：“如果上帝有重要消息传达给整个教会，他肯定不会绕过他亲选出来的领导人，而派圣徒到各地借搭顺风车来传播消息。”显然，对于这样的逻辑推理，很多摩门教教徒都不理会，他们还是相信这个故事，从而使启示中的难解之谜变得合情合理，而许多教义就是建立在这些神秘启示之上的。

各色各样的当代民间传说随着发展和流传，不得不发生改变以求生存（民俗学家长期以来借用了一个生物学的比喻，来谈论“民间传说的生命史”，或者地方性的“生态变种”）。因此我们看到，在美国，关于“消失的搭车客”的各种传说有很大的差异，它们把各地当前发生的事件（比如世界大战）、当地人（比如出租汽车司机、摩门教“圣徒”、哭泣的西班牙裔美国女幽灵）以及数不清的地名、人名、照片、服装和四处游荡的幽灵的各种行为都整合到故事里了。然而，这个传说还是保留了相同的基本情节及其巨大的故事魅力——它讲述的是我们在路边看到的陌生人和那些英年早逝的人的命运。作为开车的人，我们想象有一天也许会让其中的一个流落幽灵搭上顺风车，亲身体验一番传说中的故事。一篇关于鬼魂的文学作品——华盛顿·欧文（Washington Irving）的《沉睡山谷的传说》，可被当作教科书，但是这些印在书里尘封不动的、遥远的铅字，永远也跟不上口头传播中的鬼魂幽灵的步伐。学童们会读欧文的故事（至少在要求他们这样做的时候），但是不会传播它。可是他们却会传播“死亡之车”“消失的搭车客”这样的故事。

在路边幽灵传说的漫长而复杂的历史中，有另一个重要方面，即基于民间传说的本质以及时间的推移，其发展是可以预见的。位于布法罗的纽约州立大学的林迪亚·M. 菲什（Lydia M. Fish），在她和学生们从当地搜集到的60篇文本中发现，当今的搭车客一般都是“一位穿着华丽衣服的嬉皮士女郎”，在其消失之前与车主谈论着耶稣及其第二次降生的话题。实际上，如果把“华丽的衣服”仅当作诗化的描述的话，这个故事直到搭车客消失以前的情节都是可信的——尽管我们没有第一手资料来加以证明。搭顺风车的年轻人有时候确实有理由宣传某些东西，而耶稣可以是其中之一。以下便是一个“高速公路上的耶稣”的故事，由一个来自纽约布法罗郊区的阿姆赫斯特的19岁男孩所讲：

M

这个故事是和我一起在德塞勒斯中学上学的朋友约翰·霍根讲给我听的。他如今在圣约翰·菲什学院上学。他的未婚妻及其当修女的姨妈一起开车行驶在高速公路上，她们在入口处让一位想搭便车的女人上了车。那个人问她们是否听说过《福音书》，是否认识耶稣。然后说：“他很快就要来了。”当她们转过头去问她这一消息从何而来时，却发现那个女人消失了。在附近的服务区加油时，她们向加油站的服务员讲了这件事。那个服务员听了这件事后毫不吃惊，接下来他的话却使她们目瞪口呆。因为他说已经有20来个人在这里讲了同一个故事……我父亲是威廉斯维尔高速路入口处的收银员，这个故事他也听说过很多遍了。

此故事中的修女让人费解。她对于故事情节的发展好像不起作用，也许她仅仅是早期纽约州传说中有关先知修女这一主题遗留下来的角色。

在西南部的一个版本中，一位虔诚的司机在一个暴风雨的夜里让一个年轻人在一条偏僻的道路上搭车（与过去许多女幽灵一样）。此故事由民俗学者基思·坎宁安（Keith Cunningham）于1978年在亚利桑那州搜集：

N

在一个寒冷的雨夜，有一个帕卡德小姐认识的人，很遗憾我不记得这个人的名字了，她开车走在去霍尔布鲁克的一条僻静的公路上。这时她看见路边有个人示意要搭便车，此人全身都湿透了。她很可怜这个年轻人，便停下车来让他上车坐在后座上。经过好长时间的沉默之后，他说："耶稣又要降临了。"这时她扭过头去看他，但是他已经消失了。

好像这个传说前前后后的过程还不足以使人迷惑，现在再让我们来看看在《新约全书》里的一个"消失的搭车客"的原型故事（当然不是此传说的真正源头），其中圣徒菲利普在给一个埃塞俄比亚人行洗礼时——此人刚让他搭了马车——消失了。同样，在许多当代的故事中，人们又对这个传说进行了不少因地制宜的更改，今后这个古老的幽灵故事还会有很多新的版本出现，包括偶尔出现的一些所谓的第一手报告。以下便是于1969年搜集来的一例：

O

我在从格林威尔赶往温斯顿－塞伦（北卡罗莱纳州）的路上，决定要走通往格林斯保罗的旧路。此时是10月份的黎明时分，本来我已经昏昏欲睡了，但是当见到路边站着一个穿长袍的年轻女孩时，睡意顿时消失了，我停下来问她能否帮她做点儿什么。她说刚才由于拒绝了男友进一步的亲密举动，男友气急败坏，把她扔在路上不管了。我提出把她送回家，她同意了。一路上她的话不多。到达时我下车到另一边打算为她开车门，但是她已经不见了。我很纳闷，上前去按门铃。当一个老妇人来开门时，我说要找玛丽。"别再来了。"她只是自言自语道。我说："什么？"她接着解释道，玛丽已经在一次车祸中死了，而我则是这8

年中第15个要把她送回家的人。想到刚才捎的是一个幽灵，我不寒而栗。

但愿那个可怜的女孩能够去她要去的地方。

我也有同样的祝愿！让我们到下一章去了解另一个盛传的汽车故事吧。它说的是一个男孩的一次极其恐怖的约会，当他下车到另一边来为女孩开门时，碰到的却是另一种恐惧。

第三章
『钩子』和其他少年恐怖传说

成长中的恐惧

恐怖故事深受各个年龄层人群的喜爱。人们在孩提时代便会听到半真半假的幽灵故事，随后则有更加成熟的黑色幽默故事，比如“小威利斯”“血腥玛丽”“死婴儿”等，以及其他成套的残酷玩笑。在校生喜欢读埃德加·爱伦·坡（Edgar Allan Poe）令人毛骨悚然的故事和一些夏令营传奇，比如疯狂的斧头杀手、畸形的巨人埋伏在森林深处袭击不设防的童子军等。万圣节的鬼屋故事和好莱坞的恐怖影片也迎合了人们同样的需求，在可能承受的范围内把恐怖推到了极限。

虽然恐怖故事的成分没有多少变化，但是随着时间的推移，其风格却有所发展，甚至在口头传说方面也是如此。年轻的美国人显然是由于无法接受过于戏剧性和难以置信的“恐怖”而转向一种新的口头传说，这些故事带有现实的背景和似乎更加合情合理的内容。也就是说，他们开始喜欢都市传说，尤其是有关和他们一样的人的故事——如约会的情侣、学生和临时保姆——这些遭受了严酷的折磨和可怕威胁的人(例如第一章中的“男友之死”)。

这类少年恐怖故事暗示了一个共同的主题：当少年走出家门、

进入社会时，各种危险可能会向他们靠近。因此，尽管这些传说的最直接目的是制造恐怖气氛，但是同时也在传递一种警示：小心，这种事情可能会发生在你身上！此外，这些故事还包含某些朦胧的性主题，诸如把车停在“情人道”上，或者在陌生人家中（玩具屋里）临时看管小孩等。这些性成分既给故事提供了更多的娱乐性，也对现实世界的危险给予了警告。所以，这些青少年喜爱的“真实”口头传说源于他们自己的恐惧、所关心的问题及其个人经历。

目前此类都市传说中最重要的例子当属常被叫作“钩子”的故事，比起“男友之死”来，此故事因更加古老、更受欢迎而流传更广。

“钩子”

1960年11月8日，当美国人民都去投票站选举约翰·肯尼迪当第35届总统时，在作家艾比盖尔·范·巴伦（Abigail Van Buren）颇受欢迎的专栏里，刊登了一封少年的来信：

> **亲爱的艾比：**
> **假如你对青少年感兴趣，就会把这个故事登出来。我不知道它是否真实，不过这没有关系，因为把故事讲出来便达到了我的目的。**
> **一对情侣把车停在“情人道”上，一边听收音机一边亲热。这时主持人停掉音乐，说有一个犯有强奸和抢劫罪的歹徒逃到该地区，据说他的右手是一把钩子，而不是一只手。这对情人听完后感到害怕，便把车开走了。当男孩把女孩送到家时，他绕过来为女孩开车门。这时候他看到——门把上有一把钩子！**
> **我想我这辈子肯定是不敢把车停在那里来验证是否真有其事了，希望别的孩子也不要这样做。**
> **——珍妮特**

此故事好像在20世纪50年代末期便有了，它和“死亡之车”及“消失的搭车客”之间有共同的主题，而且，我们在第一章中已谈到，它还对“男友之死”的产生有影响，因为后者出现在60年代初期。实际上“钩子”（或者叫“钩人”）的故事并不需要新闻界的报道来赋予它生命力或可信性，因为这个任务早在1960年的选举日之前就由少年口头传播完成了。1959年，“钩子”在青少年中便已是人人皆知，只是和别的当代传说一样，人们在其基本情节的基础上添加了许多详细的描述，使故事具有了鲜明的地方色彩。

以下是我的一位来自堪萨斯州的学生所描述的故事：

> **在“麦克”（堪萨斯的麦克菲逊）外面，距离林兹伯格大约7英里，旧81号公路以北有一条老路叫“钩人路”。这条路弯弯曲曲，是少年们传统的停车之地。在我小时候（此故事）已经广为流传，那是有关过去60年代的事情，是老故事了。**

另一位学生所讲的版本是1960年在阿尔伯克基从她小时候的保姆那儿听说的：

> **收音机里传来消息，说本地的疯人院里有一个疯狂杀手逃跑了，此人的右手是一只钩子，而不是一只手。女孩吓坏了，乞求男孩送她回家。男孩变得疯狂，猛踩油门把车开得飞快。到家后男孩下车，绕到另一边为女孩开门，但他却看见门把上挂着一个带血的钩子。**

不过这两位学生来到盐湖城后便得知，故事实际上是发生在

“纪念林”——一个树木茂密的城市公园里。一位本地学生在课堂上却坚持说：“不！这对情人是有天晚上把车停在盐湖城外的山谷里，然后……”结果，班级里的每位学生都知道了这个故事，只是每个学生都在某种程度上把故事和其居住地联系起来了。

民俗学家也表示，在马里兰州、威斯康星州、印第安纳州、伊利诺伊州、堪萨斯州、得克萨斯州、阿肯色州、俄勒冈州和加拿大等地都搜集到了“钩子”的故事。其中一些讲述者对故事的评论和“亲爱的艾比”的写信者有共同之处，即尽管故事的真实性令人怀疑，但是其意义还是存在的（给孩子们以劝诫）。学生们有的说：“我相信这可能会发生，所以故事可能是真的。”另有人说：“我不太相信（这个故事是真的），不过挺吓人的，我有点儿希望它没有发生过。”

“钩子”的故事是少年恐怖故事中最受人喜爱的故事之一，其最大的魅力在于故事情节的整齐性，每个情节都合情合理。另一方面，由于故事缺乏细节，这似乎正好证明其几乎不可能发生。毕竟，要让一个罪犯或者疯子去掉一只手而装上一个钩子；当收音机里正在播报此人逃跑的消息时，这个极具威胁性的人正好来了；而正当那对情人的车要急速开走时，此人却正好把他的钩子挂在车门上，这样巧合的情节究竟有多大的可能性呢？此外，为什么那个人不用他的好手去开车门？那个男孩由于幽会被打扰已经很恼火了，他又怎么可能在到家时还绕过来礼貌地为女孩开车门呢？疑点实在太多了——不过它仍然不失为一个好故事。

在一本叫《丁克·霍克注射毒品》的青少年小说中，作者 M. E. 科尔（M. E. Kerr）捕捉到了少年对此类传说的心理反应——貌似冷静地承认这可能发生，于是他写了下面的故事：

她把这个长故事告诉了塔克，说有个独臂男人在美景公园（布鲁克林）的情人道上转悠，听说他企图钻到车里去把女孩拉出来。他口吐泡沫，用带钩的木手用力敲打挡风玻璃，嘴里说着两个字："杀人。"声音又大又刺耳。

丁克说这个女孩在圣玛丽上学，有一天晚上她和男友去了美景公园。停车以后他们开始谈论独臂男人的事情。两人都很害怕，因此决定离去。到了女孩的家门口后，男孩让她下车，自己开车回家。当她下车时，发现门把上挂着个钩子。

丁克说："那个人要开车门时，他们肯定是把车开走了。"

"我以为你对奇闻不再有兴趣了。"塔克说。

"这是真事。"

"还是有点儿古怪啊。"

这个丁克·霍克版本缺少了一个关键的情节，即男友被打扰而恼火才导致他们急速离开现场。在其他的版本中几乎千篇一律地会出现男孩加足马力飞快开走的情节：或者是"……于是他就加速，飞车逃离"，或者是"男孩猛踩油门快速把车开走"，或者是"其男友非常恼火，接着汽车就飞也似的开走了……"尽管这个情节在故事中是必要的，它解释了为什么会有一种突如其来的强大力量使疯人的钩子脱离其身，但同时它还暗示了，至少就男孩来说，停车包含着性目的。戴琳达认为是看到了"残疾人本能的恐怖一面"，所以"男孩出于失望和猛然意识到的惧怕而开车飞驰而去"，但是民俗学家阿兰·邓迪斯（Alan Dundes）却不同意这样的观点，认为不应忽略故事情节中的性因素。

邓迪斯采用弗洛伊德的观点，认为故事中的钩子是生殖器的象征，它刺向女孩一侧的门把（或者诱人地撞向她的车窗），但是接着由于车突然开走而被撕开（象征着阉割）。在他看来，讲这个故事的女孩“并不是害怕男人所缺少的东西，而是害怕他所拥有的东西”：一个有“完整的手”的情人可能真的会“用他的钩子向她刺进去”。只有在女孩把车窗摇上去或者突然坚持要回家的时候她才能得救，而这时候情人不得不“快速开走”，不然他自己可能会做出性狂人的越轨行为。故事中的收音机虽然原本正在播放着浪漫的背景轻音乐，后来却突然传出“来自社会的代表道德的声音”，对于这样的警告女孩子十分在意，而男孩子却不屑一顾。邓迪斯得出的结论是：“这个广为流传的故事反映了真实的约会，它会产生焦虑……尤其是对女孩子。”

“后座杀手”

另一个类似的都市传说也涉及汽车及看不见的潜在攻击者，不过这次是一个男人威胁一个独自在夜里开车的女人。下面这个“后座杀手”的故事是一位犹他大学的学生提供的，他还听说过背景为科罗拉多州的丹佛市和奥罗拉市的其他版本：

> **一位住在城里（比如盐湖城）的妇女到奥格登拜访朋友。当她从朋友家出来上了自己的车准备回家时，看到后面也有一辆车启动了。这时已经是凌晨两点钟，路上没有其他车辆。开上公路之后，她开始觉得这辆车是在跟踪她。后面的车有时候开得离她非常近，但就是不超过她。她被吓坏了，不停地加速企图摆脱跟踪。**
>
> **到达盐湖城之后，她开始闯红灯，但后面的车也同样闯红灯穷追不舍。到了私人停车道时她快速把车停好，这时后面的车也停了。她于是不停地按喇叭，接着她的丈夫出来了。这时候那个人从车上下来，她的丈夫跑过去问：“这到底是怎么回事？”妻子对他说：“这个人从奥格登一直跟**

踪我，一直到这里。”这时候那个人说：“我是准备去上班的，跟在你妻子的后面是因为当我上车打开车灯时，看见有一个人躲在她的后座上。”于是丈夫来到车边，打开车门，从后座上抓出来一个人。

这个传说在1968年第一次被印成文字，不过它讲的是另外一个版本——很巧合，同样发生在犹他州的奥格登——被印第安纳大学收藏（这说明了民俗学家的所在地可以怎样影响民俗资料的分布状况）。此外还有20个版本出现在印第安纳大学，当然，和其他的传说一样，这些故事有许多不同的细节和地域特点。其中有的说，在后面跟踪的司机不停地闪烁大灯，为的是制止那个从后座上突然出现并威胁要攻击车里司机的歹徒行凶；还有的谈到潜伏者是一个强壮的货车司机或者其他身强力壮的人；也有的具体地指出那个后座潜伏者是个黑人（这两种说法都反映了白人中产阶级对少数民族或者社会地位较低之人的恐惧）。

另一些有关的传说更富想象力。其中有的讲到，一位加油站的工作人员发现车里藏着危险人物，他假装说那位女司机在加油时付的10元钱是假钞，因此让女司机得以脱身下车，然后再叫警察。另一个故事则谈到一个路过的摩托车手强烈地要求女司机把车窗打开，然后以和他完全一样的方式驾车。她于是跟着摩托车在公路上一会儿加速一会儿拐弯，直到车里的歹徒——通常拿着一把斧头——从车里飞出去。

“孩子的临时保姆与楼上的男人”

如果说一个女人夜里独自开车可能会遭到隐藏在后座的男人的袭击，那么对于更年轻的女子来说，在一个陌生人家中也会面临同样的危险。另一个恐怖传说“孩子的临时保姆与楼上的男人”的故事结构和“后座杀手”相似，它很可能是同一个故事的翻版，为的是迎合青少年的亲身经历。以下这个标准版本来自一个14岁的加拿大男孩（1973年）：

> 有个女孩在蒙特利尔的一座大房子里照看3个孩子。一天晚上她在看电视的时候电话铃响了。这时候孩子们都上床了。她拿起电话来，听见对方在歇斯底里地大笑，女孩问他想干什么，他什么也没说便挂了电话。她迟疑了一会儿也就不去想它，接着看电视。
>
> 15分钟后，电话铃又响了，当她拿起电话来时又听见了歇斯底里的笑声，然后电话又挂断了。这时候她开始心惊胆战，便给电话接线员打电话说明事情的原委。接线员让她先冷静下来，如果那人再打来电话，要尽量拖延时间，以

便追踪电话的源头。

果然电话在15分钟之后又来了，那个人还在歇斯底里地笑。女孩问他为什么这样做，他只是一个劲儿地笑，接着就挂了。5秒钟之后接线员打来电话，让女孩赶快离开，因为那个电话是从楼上的分机打出的。正当她扔下电话转身要往外走时，那个人从楼上下来了。他狂笑着，手里拿着一把带血的屠夫刀要杀她。她赶快跑到街上去，那人并没有追出去。她叫来了警察把歹徒抓了起来，紧接着警察发现，那个人已经把3个孩子都杀了。

讲故事的男孩还说，他是从一个朋友那里得知这件事的，事件中的女孩是这位朋友之兄的女朋友。

实际上早在两年前（1971年）就已经有相同的故事流传了，其中的一个地点是蒙特利尔西南大约1500英里处，另一个发生在得克萨斯州的奥斯汀，还有一个于1973年发生在印第安纳州布鲁明顿的一个学生宿舍里。以上3个公开发表过的故事仅仅是口头传说广泛流传的样板而已。它们之间的异同之处给传统范围内的民间传说的变异提供了一个经典例子。这3个版本的故事都发生在深夜，而照看孩子的人都在看电视。其中两个故事中打电话的人说了一些威胁的话，另外一个只是笑。3个故事中歹徒都有规律地打了3次电话，然后女孩给总机打电话，后来又有一次电话。在美国的版本中都是总机接线员报警，尤其是印第安纳州的故事中，总机接线员命令女孩："马上离开那个房子；不要上楼，不要做任何事情，赶快离开。警察就要来了，他们会保护你（这让人联想到'男友之死'中那个援救者的命令：'不要回头看'）。"关于被谋杀的小孩（无论是一个、两个还是三个——没有统一的数字），在美国版本中

具体的情节是：在得克萨斯州他们被“剁成碎片”，在印第安纳州则被“撕成碎片”。所有讲述故事的人都把事件发生的环境描绘得相当怪异——其细节却都是每个幼儿临时保姆所熟悉的——陌生的房子、电视上的节目、始料未及的电话及其带威胁性的内容、来自总机的突然命令，以及最后令人毛骨悚然的结果——原来打电话之人一直躲在房子里（在其背后），如此可怕的结尾类似于“后座杀手”。至于故事中的一些技术问题，即如何把电话从一个分机打到另一个分机、如何追踪电话号码的过程等，故事的传播者似乎并不关心。

民俗学家休·塞缪尔森（Sue Samuelson）仔细阅读了美国民俗档案中未发表的几百个关于“楼上的男人”的故事之后，得出的结论是：电话是该故事情节中最重要并且最能调动情绪的东西，即攻击者通过电话骚扰受害者，而这个东西正是受害者本人很喜欢的通信工具。塞缪尔森指出：做临时保姆是年轻女孩社交经验的重要组成部分，这份工作可以让她为未来的角色，即一个男权社会强加给她们的角色做准备——料理家事和做母亲。故事中最具深意的一点是，发出威胁的男人来自楼上——在女孩的上方并且可以控制她——这显示了传统的男女性别关系。通过杀死孩子，此人造成了任何一位母亲都可能遭遇的最悲惨的灾难。该惨案发生的另一个因素是临时保姆本人在看电视时精神过于集中，连孩子被谋杀都察觉不到。因此，这不仅仅是一个恐怖故事，同时还对年轻女孩发出严厉的警告，要她们忠于职守。

这些使人们深信不疑的恐怖传说，偶尔也从一些令人胆战心惊的神秘故事变成滑稽的冒险经历。以下这个1976年搜集于亚利桑那州的版本，便是一个好例子：

1969年8月8日，她到史密斯家帮忙照看孩子。这家有两个孩子，一个5岁，另一个7岁。当她哄孩子们上床睡觉以后，就去客厅看电视了。

这时电话响了，她拿起话筒。电话里的男人说："我在楼上，和孩子们在一起，你最好上来。"

她立即把电话挂了，惊恐不已。不过又觉得肯定是个恶作剧电话，于是她继续看电视。接着电话铃又响了，她挂断电话以后比刚才更害怕了。

那人说："我在楼上和孩子们在一起。"然后详细地把孩子描绘了一番。她挂了电话之后六神无主，不知如何是好。要报警吗？"我还是给总机打电话吧。他们可以追踪线路。"她这样想。于是她给总机打电话，对方答应将尽其所能。大约10分钟之后电话铃又响了，这会儿她吓得发抖。

她拿起电话，听到那人说："我在楼上和孩子们在一起，你最好马上上来！"她尽量在电话里拖延时间以便总机可以进行追踪，这一次是那个男人把电话挂了。

当她给总机打电话时，对方说："快跑出去，那个男人用的是电话的分机。"

她还是不太知道该怎么办，是否应该上楼去救孩子呢？"不！"她想，"那个人就在那儿，我要是上去找孩子们，他会把我也杀了！"

因此她跑到隔壁邻居家报了警。不一会儿警车到了——足足来了10辆车。警察在楼上楼下搜了一番，却找不到什么男人，只有一个7岁男孩，拿着录音机坐在电话旁。后来他们才得知，原来是街上的另一个男孩给他出的主意，告诉他如果下一次家里再来临时保姆就这么做。显然这个男孩不想要他的父母外出、不喜欢家里请来的临时保姆。他以为只有这样做才能达到目的。果然从此以后他就不再有临时保姆，而是被送进了幼儿园。

“室友之死”

在美国的少年恐怖传说中，另一个广为流传的例子是“室友之死”的传说。它与其他一些都市传说有一些共同之处，比如它和“后座杀手”及“孩子的临时保姆与楼上的男人”一样，通常都有这样的情景：一个妇女受到一个陌生男人的威胁；和“钩子”及“男友之死”相似，其中的攻击者常被说成逃犯或者疯子；而且这些故事都没有对最后的犯罪过程进行描述，只留下尸体残骸。当然此故事中，从女孩住处外面发出的刮擦声则是悬念的附加部分了。以下是1965年由一个堪萨斯大学学生讲述的故事版本，故事发生的地点是该校一年级女生宿舍科尔宾楼：

> **由于圣诞节放假，科尔宾楼里的两位女生晚上有活动。其中一个在等晚点的火车，另一个要去参加当天晚上举行的大学生联欢会。宿舍管理员则在房间里睡觉。当她们正在等候时听见了敲门声，其中一个女孩以为是男友来接她了，于是便跑了下去。就这样，她一去不回。直到深夜，另一个女孩听见厅里有刮擦和喘气声，由于房门无法锁**

上，她就把自己关在壁柜里了。第二天早上她出来时，发现室友因喉咙被割断而死。如果她早点儿出来，她的室友还有可能被救。

在流传此故事的各个校园里，有关那个女孩为何独自待在宿舍里的理由众说纷纭，不过倒也都切合实际，所以似乎都有道理。比如有的说女孩子的家太远，例如在夏威夷或者国外，所以即使是假期里她也不能回去。在一些版本中，讲述者有意回避如联欢会等校方负有一定责任的情节，其中两个女孩分开的原因可以是：一个出去买食物、去开门，或者去卫生间，另一个留在宿舍里的女孩听到的刮擦声，要么发自其房间的门，要么来自壁柜的门。在有些故事里，由于受到惊吓，她的头发一夜间就变为白色或灰色。此故事的寓意是女孩的背后有疯子紧追不放（类似于"后座杀手"中的袭击者），不过事实却是，当室友有难时，这个女孩如果能够及时采取果断措施的话，其室友就有可能得救。在此类故事中，往往着重描绘受害者的指甲因为急于求救而抓得血迹斑斑。

另一位加利福尼亚少年讲述的故事，大概发生在1964年，该故事似乎把"临时保姆和楼上的男人"与"室友之死"的作案动机结合在一起了。此故事特意把人物名字及作案情景描述得很详细：

琳达接了一份临时保姆的工作，这家人比较富裕，住在山上一栋两层楼的别墅里，她以前没有去过。由于这座房子位置偏僻，琳达有些担心，所以请一个叫莎伦的女孩子和她一起去，并且答应工钱各得一半。莎伦同意后两人就一起去了。

这个晚上天特别黑，风雨交加。不过工作进行得很顺利，

她们给三个小男孩讲了故事，然后又收拾好床铺让他们上楼睡觉。做完这一切之后两个女孩开始看电视。过了不久，电话铃响了，琳达接了电话，只听见对方急促的喘气声。她尽量想让对方说话，但是对方把电话挂了。琳达没有在意，以为那个人打错号码了，而且想着不要吓着莎伦，于是她就回来接着看电视。然而接着电话又响了，那个人刚开始有些气喘吁吁，然后就让她们到楼上去看看孩子。两个女孩子被吓坏了，于是决定给总机打电话求助。总机接线员要她们在电话里尽量拖延时间以便追踪。

这时候两人决定分工，一个在楼下接电话，而另一个，莎伦，则主动要求到楼上去。过了一会儿，电话铃响了，琳达按照总机的指令在电话里拖延时间。几分钟后总机打来电话，让琳达和莎伦马上离开房子，因为威胁的电话是从楼上的分机打来的。

琳达挂了电话就赶快跑向楼梯叫莎伦。此时她听见楼梯上有一阵阵的撞击声，走近一看，只见莎伦仅靠下巴在楼梯上挪动，四肢全被切断了；三个小男孩也死在床上。

印第安纳大学的民俗档案再一次提供了有关“室友之死”各种版本的大量素材，戴琳达根据其搜集到的自1961年以来的31篇原文及几个模式类型和相关的情节发表了报告。她的报告指出，此类故事中最重要的特征是常常在故事末尾出现一个男性的救助者。例如，在其中的一个版木里，当女孩下去取食物时，她把另外两个室友留在宿舍里；而当她的室友听到响声时，整夜都躲在房间里不敢开门。等到第二天早上邮差到来时，她们才从窗户里呼叫他……

邮差上了台阶，来到门前，然后让她们在屋里待着，并说一切都很好，要她们待在屋里。但是女孩们没听他的话，既然他说一切都很好，她们就出来了。可是当她们打开房门，却看到室友躺在地上，头上有一把短斧头。

在其他的印第安纳故事的版本中，救助者是零工、送奶工或者是其中一个室友的兄弟。

据民俗学家波维里 · 克兰（Beverly Crane）研究，这种男性和女性人物关系只是一系列重要对应关系之一种，其他的还包括在家和外出、智力行为和情感行为、生和死等。为了解决女性的不安全感——由心理上的恐惧所产生——女性需要一位男性来决定在新情况下该如何行动。而另一位男性则通过打击头部把她的室友残害致死，“这个部位是女人很容易受到攻击的地方”。克兰认为，这些女孩从故事开始时待在宿舍里就是不合适的，这种不合适有两重意思：其一是其离开家庭的保护而到学校求学不合适；其二则是在放假期间独自留在校园宿舍里而不是回家与家人团聚不合适。具有讽刺意味的是，受残害的女孩采用指甲刮门的方式求助，而指甲恰恰是女性精心修饰的部位。又由于其室友没有觉察到刮擦声的用意，以致受害者死了，而她那些曾经漂亮的指甲也变得血迹斑斑。克兰把他的这段颇具独创性的解释加以概括：

此故事所隐含的价值观可从两方面来看：一方面，如果妇女希望依赖传统观念，那么她们最好就待在这些观念最能保护她们的地方。另一方面，如果妇女确实选择了冒险进入男女平等的领域，那么她们就必须少一点儿依赖性，多一些独立性，多一些自信心，最重要的是，要甘愿承担对

自己和他人的责任。

我们不能指望在青少年的恐怖故事中找到有关妇女解放的启示，不过波维里·克兰的观点论据充足，似乎言之有理。况且，在其他当代民间传统中发现一些针砭时弊的评论也不足为奇——我们见证过许多有关宗教和两性的笑话和传说在人群中广泛流传，而这些人都不敢公开批评哪个教堂或者传统社会习俗。民俗不仅传播旧的道德行为，同时也吸收新的观念。而要对这些观念进行分析，就需要搜集被邓迪斯称为“口头文学批评”的、讲述者对其口头传播的评论。也就是说，对于学者所得出的结论，传播这些故事的女孩的理解和接受程度如何呢？另一个相关的问题是，对于那些老故事，那些警告年轻妇女们要老实听话，安分守己地待在家里，遇到困难要向男人求助的旧传说，有没有哪些包含妇女解放主题的故事可以代替它们呢？

“炉中的宠物（或婴儿）”

在盛传的少年恐怖故事中（虽然在成年人当中也口耳相传），最可怕的要数那个把一个活物放进炉膛中的传说了。此故事由一个包含许多旧主题的约20年前的传说和最近流传的幼儿临时保姆的传说相结合而产生。

和其他学者一样，民俗学家也喜欢报告新发现，所以来自弗拉格斯夫的北亚利桑那大学的基思·坎宁安教授于1979年冬在季刊《西南民俗学》上发表了一篇文章，其题目是《热狗！又一个都市传说》，此题目所包含的那份骄傲和喜悦自然是可以理解的。以下的“新”故事是他提供的样品（此为亚利桑那民俗档案中数不清的传说原文之一）：

> **听说一位老太太的孩子们送给她一台微波炉。当她给狗洗完澡之后，就把它放进去烘干。理所当然，当她把炉门打开的时候，那狗已经从里到外被彻底烤熟了。**

坎宁安指出，在亚利桑那流传的其他同类传说中，“不仅包括狗的遭遇，还有鸟、猫和可怜的乌龟等动物的不幸遭遇”。他认为这些传说揭示了“现代科技有失控的情形，并且会造成恶果”。

关于狗或猫被烤熟的故事近来流传颇广，其实这并不是什么新传说，早在大约20年前就有了，不过这是一个带有警示意义的故事，它讲述的是可怜的宠物爬进煤气炉或干衣机里而没有人注意到，结果当这些器具再次被使用时才发现的故事。在1976年前后，我开始听到有关微波炉的故事版本，并把以下这段来自犹他州的概括性例子写进《美国民俗学》第二版，此书是本人于1978年出版的教科书：“(一个) 孩子不小心用水管子把猫淋湿了，然后将它放进微波炉里烘干，结果发生了爆炸。”在亚利桑那的版本中，那个动物“从里到外被彻底烤熟了”，它对微波炉中分子运动的描述比我的故事中的爆炸情节更加准确（我只听说了爆炸的情节），据说当眼睛碰到微波时会爆裂，就像鸡蛋或者土豆被放进炉子里一样。当一只动物被放进微波炉时会发生什么事情，人们对此的想法无疑会受到一种对新设备的模糊恐惧感的影响，同时这种恐惧则因为贴在微波炉上面的警告标志，或者有关苏联人把微波辐射到我们的外国使馆等新闻报道而变得更加强烈。不管这种看不见的神秘微波会对人产生什么影响，对家庭宠物来说它肯定不是什么吉祥之物，因此炉子里的动物肯定会被烤死，人们对此的忧虑并不离谱。

1978年春天，我的民俗学班里有一位名叫南希 · 施莱胡伯尔的学生，在读了课本里的故事之后，回得克萨斯州探亲时又听到了相似的故事。回到犹他州以后，她决定为其学期研究计划而调查与此相关的资料。在她所搜集的故事中，有几个“科学的”版本——虽然技术员对微波炉应该更加了解，但是由于他们没有利用嵌在机器里的安全部件，在使用实验室的微波炉时开着炉门，因此站在炉边时把他们自己的内脏都烤熟了。除了这些，她搜集到的大部分（18篇）故事都被她称为“俗故事”，叙述的是普通人愚蠢地把诸如13只宠物猫、2只淋湿的狗放进微波炉，甚至还有2个湿了头发的人把头放进微波炉里烘干，结果却被烤熟了或者爆炸了的事（第18个版本是讲述者在听了另一个有关微波炉的传说之后提供的，故事讲述的是一个小孩错把一只猫放进垃圾粉碎机里的事）。在她搜集的大部分故事中，宠物都是因淋雨、洗澡，或偶然被水管子淋湿等原因而浑身湿透，而企图帮忙的人则是小孩（通常是男孩）或者老妇人。故事的讲述者所宣称的听到故事的时间从几个月前到8年前不等，消息的来源是新闻报道或者其他口头传说。在盐湖城搜集的两个有关给狮子狗洗澡的版本，一个发生在纽约，另一个发生在加利福尼亚。在纽约发生的这个故事便涉及旧器具转换成新器具所带来的问题：

> **来自纽约长岛的雪莉在谈话时讲了这个故事：她听说一个养狮子狗的女人，总是把狮子狗放到（旧的）炉子里烘干。后来她有了一个微波炉，便把狗放到微波炉里。当然，结果是狮子狗爆炸了。**

据民俗学家贝蒂·简·贝拉纳斯（Betty Jane Belanus）的研究，到1979年为止，有关微波炉里宠物的悲剧故事已经成为人们极为熟悉的传说了。她首先得到的例子来自俄亥俄州和华盛顿特区的熟人，他俩都记得一只刚洗完澡的狮子狗死于“危险的波”。贝拉纳斯所搜集的故事中，来自中西部的版本中的受害者既有淋湿的猫，也有狮子狗。同样，传说的来源也是新闻报道，偶尔是孩子的自然课或经济课家教。与此相关的细节，还包括活生生的动物之血在微波炉里沸腾，科学家用微波杀死实验室里的动物，电视机产生的辐射和微波一样会危害人体健康，等等。（这里应该提醒的是，微波对生物的确会造成某些危险。）

“嬉皮临时保姆”

“热狗”的故事，讲述的是由于人对微波炉的错误使用而造成的灾难，由此向人们发出警告。这个主题在本章的另一个都市传说中同样存在：嬉皮临时保姆照看的孩子被活活煮熟。在这里我们可以看到其他有关临时保姆的恐怖故事的影响，以及将在第四章讨论的许多传说的相关之处——这些传说是关于在意外的地方找到未必存在的怪物的故事。纽约州立大学的民俗学家林迪亚·菲什（Lydia Fish）在1971年向一份民俗学刊物索要有关“嬉皮临时保姆”的故事版本时，没有得到任何民俗学家的回复，于是她就从自己的学生中搜集了许多例子。在纽约州布法罗市的一般版本中，故事讲述的是一个看上去有些古怪的嬉皮士少年当了临时保姆（通常情况下，对幼儿的父母来说此人的面孔较陌生；或许是初为父母者第一次请人临时照看孩子），此人由于吸了大麻（或吃了迷幻药、喝了苏格兰威士忌等）而把婴儿当成“火鸡”放到炉里烤了。在纽约流传的典型版本如下：

一对夫妇把年少的儿子和一个婴儿交给一个嬉皮模样的女

孩照看，这个女孩是他们儿子的一个朋友。这对夫妇晚上外出赴宴，席间孩子的母亲还打电话回家询问情况。

“是的，”女孩回答说，“一切都很好，我刚把火鸡放到炉子里了。”

但是，这位母亲不记得家里有什么火鸡，因此觉得肯定出问题了。当她和丈夫匆忙赶回家后，发现临时保姆把婴儿放到炉子里去了。

既然他们的儿子吸毒上瘾，而这个女孩是他的朋友，他们应该想到女孩也吸毒……这个故事是真的，是我们学校里一位心理学家开会时讲的。我记得他说故事发生在一个朋友的邻居家里。

在菲什教授1971年的版本中，尽管有几个故事谈到婴儿的父母及时赶回家把婴儿救出的情节，但是在一般情况下，“火鸡”（实际上是婴儿）在父母回家以前就已经被烤熟而死了。在其他版本中，临时保姆都被怀疑或者被证实因为毒品的影响而犯错，而来自纽约宾汉顿的故事中，临时保姆仅仅是由于婴儿的行为而变得疯狂：

父母走了以后，婴儿开始啼哭。无论保姆做什么都无法让他安静下来。过了一些时候，婴儿的啼哭把保姆逼疯了，于是她把婴儿放到炉子里，把炉火烧到最旺……

“嬉皮临时保姆”不仅传遍美国，还传到了加拿大，以下是1973年多伦多的故事版本：

这个故事是一个朋友讲给我听的，朋友是大约一年前从收音机的新闻节目里听到的，确有其事。

一个女孩去当临时保姆。婴儿的父母外出参加一个大型晚会，留下其婴儿和这个16岁的女孩在家中。她正在照顾婴儿时，婴儿的父母打来电话询问情况。她说："哦，很好，一切都很好。火鸡放到炉子里了。"婴儿的母亲说："哦，那好吧。"接着就挂了电话。随后她看着丈夫说："火鸡在炉子里？我们没有火鸡！"丈夫说："怎么回事？"于是他们决定回家看个究竟——这个看孩子的女孩说不定有问题。他们告辞回了家。回家以后看到女孩正坐在椅子上吸毒。她已经把婴儿放进炉子里了，以为那是只火鸡。

杨伯翰大学民俗档案里的两个版本里有一些其他的细节：其中一个谈到保姆对婴儿的父母说"你们的烧烤做好了"，而另一个是这样描绘他们回家后看到的可怕情景的：

当他们回到家里时，闻到了令人作呕的可怕的甜味。母亲冲进厨房里，看到餐桌上已经摆好了两个人的餐具，用的是她最好的瓷器和水晶玻璃制品。而婴儿在炉子里，女孩已经把它烤熟了！她说："瞧，我为你们做了一桌特别的晚餐。"

当然，这两个杨伯翰大学的故事（1972年、1977年）据说绝对是真的。不过有一个讲述者说："如果那是真的，我就要吐了……不过我刚才说了，故事的来源很可靠（通常来自朋友的朋友的亲戚）。"

此类故事在欧洲，尤其是斯堪的那维亚，也已经搜集到了不同版本，有些版本注明故事来自美国。这个特别的当代传说为何在欧洲如此容易就被接受？早期出现在欧洲的有关杀婴的话题可能是其原因。例如，1972年在挪威的卑尔根曾有报纸报道了一个“可怕的传说”，它和“嬉皮临时保姆”有一些相似之处。在这个挪威传说中，一对要去海外度假的夫妇把婴儿捆在儿童高脚椅子上就走了，临时保姆应该在几分钟后到来，但是保姆并没有来。在这里，不同版本的故事情节不同：或者是保姆突然死去，或者是在路上出了事故，或者是因无法进入房子而以为那对夫妇带着婴儿一起走了。当婴儿父母回来后，发现婴儿还被捆在椅子上，已经在许多天前饿死了。此故事给人们带来的道德教训很清楚，它无论是对父母还是对临时保姆都适用；至于被抛弃儿童的主题，则涉及有关侵害婴儿的更深层的问题。

一个同样可怕的传说也在非洲流传，1979年我的学生——来自尼日利亚卡拉巴尔的阿添·艾尔讲述了这个传说，它和一位不可信任的临时保姆有关，是一个完全本地化的故事。艾尔小姐还记得，在1976年，这个可怕的故事就已传遍了她工作的政府部门：

> **一位在农业部工作的妇女打电话给临时保姆询问婴儿的情况。保姆说婴儿还在床上，她就告诉保姆让婴儿起来坐着。但是这句话（在英文中）可以有两种意思，一种是“让婴儿坐起来”，而另一种是“把婴儿烤了”。由于保姆是新手，所以她把婴儿抱起来放到炉子里烤了。当母亲下班回家后，看见保姆两眼通红。婴儿的母亲说：“好了，不要无缘无故就伤心。把孩子给我抱过来。”**
>
> **保姆默不作声，很不情愿地走到炉前打开炉门，发现里面的婴儿已经死了！“你不是让我这样做吗？”说完之后，保姆急忙跑回家去了，只留下婴儿的母亲瞠目结舌，哭着说：“我的儿子？死了？”**

艾尔小姐得知事情发生在阿佛岗街后向一位住在那里的朋友打听此事。“哦，不，”朋友回答说，“那是在缅因街发生的。”艾尔小姐告诉我：“那几天里这个故事一直在流传，到后来据说是邻镇上发生的事情。”

不管“嬉皮临时保姆”的故事是否影响了“热狗”的故事，总之这两个传说最近一起出现在了口头传说里，其情节是嬉皮临时保姆把婴儿放到微波炉里了。显然这样的故事已经流传了一段时间，因为一位示范微波炉的朋友告诉我，当微波炉开始在美国上市的时候，许多人问她：“如果有人把一只猫或者一个婴儿放进去然后打开开关，会怎么样呢？”我的朋友说：“我不明白一个人为什么会想到这样的事情，这么残忍。”他们很可能不是自己凭空想出来这么一件事情，而是试图要验证听说过的一个古怪传说，这个传说关系到一个小男孩和他淋湿的猫、一个老妇人和她的狮子狗，或者是一个吸毒的临时保姆和她照看的婴儿。对于“如果……会怎么样”这个问题，传说的传播者会用“嗯，这件事确实曾经发生过……”这样的话来予以回答。

我们在前面已经看到，美国民间传说中的其他几组恐怖故事警告人们要提防罪犯或者疯子的袭击。这些较新的传说一方面反映了人们对科技发展所带来的各种威胁的恐惧；另一方面又保留了早期民间传说中有关弃婴和杀婴等主题的暗示。假如这样的主题继续存在，那么我们似乎可以预见，像“热狗”和“嬉皮临时保姆”的微波炉版本会始终是骚扰当代父母和孩子的噩梦。

第四章

可怕的污染

美国人总的来说是爱干净的，对不卫生的环境，特别是不卫生的食物，以及肮脏的个人或家庭都很难容忍。可是，尽管他们对随处可见的细菌或害虫颇为厌恶，但是一些民间传说却偏偏要讲述这些讨厌之物对经过消毒的中心领域的入侵。有关害虫出没和污染的都市口头传说把诸如蟑螂、蜘蛛、老鼠、蛇之类的爬虫，甚至是相对无害的蚂蚁等统统一网打尽（孩子们同样也热衷于讲述那些令人作呕的民间传说，或者滑稽地模仿，这可能是成年礼的一部分）。

这些脏兮兮的入侵者可能在当代传说中顶替了过去的幽灵和鬼怪，或者是作为更加现实的角色替代了少年恐怖故事中的疯狂杀手。关于污染的都市传说和其他的恐怖传说在某种程度上具有相同的意义，都是为了揭示在平静和卫生的外表下令人震惊的丑恶世界。在这些内容丰富、主题多样的都市传说的创造活动中，美国青少年是一支生力军。

“头发里的蜘蛛”

1976年3月份，《绅士》杂志上刊登了以下这个令人毛骨悚然的故事，它作为“50年代的民间传说”的一个例子，旨在教育“当今的少年一代”，因为据说他们缺少合适的寓言来指点迷津：

把头发盘成蜂窝的女孩

（故事来源不明）

一个女孩把头发精心地盘成蜂窝形。由于对这个发型非常满意，她不停地往头上喷发胶，从不舍得洗头。这时候头发里开始长虫子。6个月以后虫子吃穿了她的脑袋，她死了。寓意：常洗头，否则会送命。

虽然当时的民俗学家不像20年之后这样搜集此类传说，但是把头发盘起的做法似乎显示这个故事属于50年代。这样推断的一个理由是，该传说出现的形式常常是一个简短的谣言，而非一个结构完整的传说。另一个原因是，尽管对于60年代以前的大中学生的传统很少有民俗学家关注，但是有关“虫子”或“头发里的蜘蛛”的传说确实在50年代便开始流传了。

1968年，民俗学家巴尔·托尔肯（Barre Toelken）描绘了根据当代民间传说而改编的该故事的一般形式：

> 一个女中学生不停地在课堂上昏倒（通常和讲述者的一个朋友同班），最后被送进医院。在医院里大家看见一只蜘蛛快速钻进女孩盘起的十分光亮、柔软蓬松的头发里，在一旁的护士急忙寻找其下落。结果却发现，女孩的头发里有一窝黑寡妇蜘蛛，由于女孩已经有一年没有梳理头发了，因此对蜘蛛来说这可真是一片舒适的生长之地。
>
> 该女孩在一些版本里康复了，在另一些版本里则死了。但是人们很认真地传播着这个故事，现在学生们都说，故事是老师讲的（一般是体育老师或者讲授健康与卫生的老师）。据说这是真实的故事，女孩如果不常梳头，就会遭到同样的命运。

如今这样的传说已经成为过去，学生要么把它当成过去中学时代的旧事，要么说成是某个中年妇女做了过时的发型而发生的故事。但是，“头发里的蜘蛛”却在犹他州继续流行，虽然只是简要提及：“有一位妇女做了发型之后不舍得弄掉它，因此好长时间没有洗头，一只黑寡妇蜘蛛就在里面筑了巢，把她咬死了。”以下这个较长的版本来自马里兰大学的一位学生，它反映了这个故事在叙述中更典型的发展轨迹以及地方特点：

> 在我十五六岁的时候最流行柔软又蓬松的发型。女孩子们

简直就像在比赛，看谁能把头发盘得最高。有一天我去发廊做头发，发型师跟我讲了这个故事，还发誓说这是个真实的故事，主角是她的侄女的一个朋友。

这个女孩把头发盘得很高，并且喷了很多发胶。她一直留着这个发型，从不梳洗。有一天，一只蜘蛛落在她的头上，然后孵出来许多小蜘蛛，它们咬她的头骨，最后把她咬死了。我在加利福尼亚的许多地方都听说过这个故事。后来当我搬到巴尔的摩时，见到了也知道这个故事的人，他们说死去的女孩曾经是巴尔的摩电视节目《巴迪·迪安表演》里的舞女。据他们说，一只蜜蜂钻到女孩的头发里蜇了她。蜜蜂的这一蜇使她送了命，因为其头发的遮盖使医生没能及时发现问题所在。

虽然蜂窝状的发型引来蜜蜂之说听上去顺理成章，不过一只黑寡妇蜘蛛倒似乎是更合情合理的寄生虫，因为蜜蜂成群结队，为了各种使命飞来飞去，而且除了蜜蜂自身或者某些抵抗力极差的人之外，蜜蜂的蜇一般不会致命。随着故事的传播，我们不难想象致命之物从一只蜜蜂到虫子，直至最后变成致命的黑寡妇蜘蛛这个发展轨迹。而蜂窝这个名称，本身就可以为此传说的某位创作者提供传说的想象基础（另一个可能是：这样的发型导致头发里实际上已经寄生了大量的虫子，而有关这些事件的情况流传到民间，人们还做了一些修改）。然而，在13世纪英格兰的寓言文献（在布道中用来举例说明道德观点的故事）中，就已经有了关于一个虚荣妇女和她的头发以及一只蜘蛛的故事。以下这个版本由一位研究中世纪宗教的历史学家摘自《俗人的寓言故事》：

有一个布道寓言讲述了关于一位来自牛津郡的埃尼斯汉姆的妇女的故事，"她常常花好长时间梳理头发，所以每回都要等到弥撒快要做完的时候她才来"。有一天"魔鬼变成一只蜘蛛降到她的头上，紧紧抓着她的头"，几乎把她吓死。这只捣乱的虫子怎么也不肯离去，无论人们是祷告、念咒语还是用圣水，最后当地的修道士们只好拿出圣餐摆在它的面前，才把它引开。

中世纪史学家雪莉·玛克罗尼斯（Shirley Marchalonis）在叙述了以上这个故事及另外两个相似的事件之后，特别提到洁净作为一种有效的力量是如何替代信仰的。她还指出："那个头上养了一窝蜘蛛的中学女生冒犯了当时人们的行为标准，那位骄傲的中世纪妇女也同样冒犯了当时的信仰。这两个故事都起到了警告和示范的作用。"以上的两个故事虽然有相似的情节，但是把它们当成历史上互有关联的故事似乎有点儿牵强。

尽管有些传播"头发里的蜘蛛"的人（比如马里兰州版本里的那个理发师）认为这个故事是真的，但是大部分人似乎还是把它当成一种警告而不去追究其真实性。我的一个学生就说："这个故事我听过无数遍了，虽然形式有所不同，但总是很逗。"另一个则发现了故事传播的本质："我上中学时周围的人都在讲这个故事，现在我弟弟是中学生，他也给我讲同样的故事。"虽然如此，至少还有一个人在认真地研究它，凯思林·佩鲁茨（Kathrin Perutz）在她的著作《镜子的另一边：美国美容文化》（1970年）中写道：

几年前一个女孩神秘死去，她死后人们才发现，她的头发里有一窝蜘蛛，它们是罪魁祸首。她的头发蓬松柔软，为

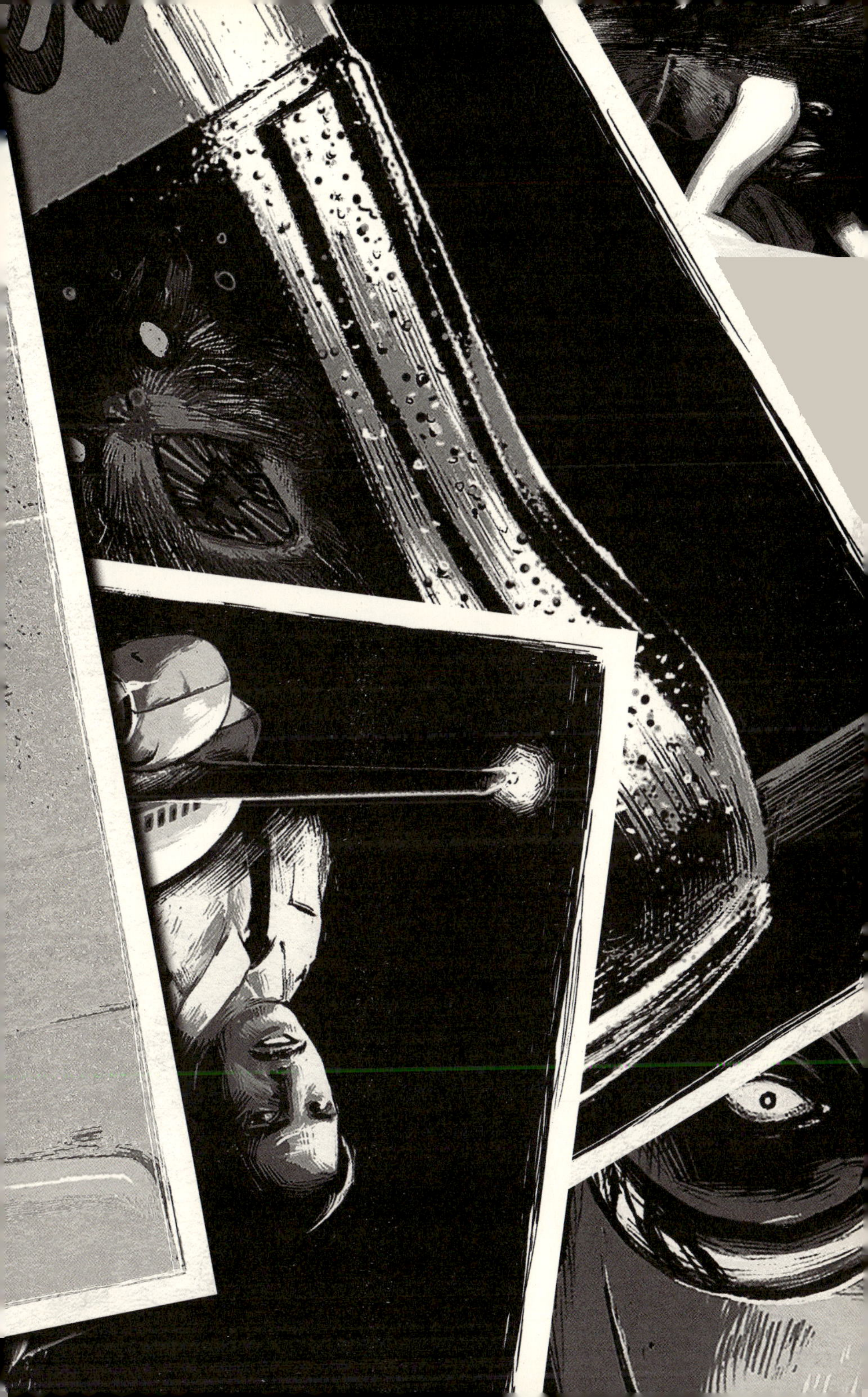

了保持发型，她每天都要喷上发胶梳理一番，但是却好长时间没有洗头。

尽管美国民俗学家在其报告或研究里只是偶尔引用了“头发里的蜘蛛”的内容，但是西肯塔基州立大学的民俗学家肯尼斯·克拉克（Kenneth Clarke）却认为，它在传说中已经是人人皆知了，故可以当作民俗学研究方法的讽刺工具。他把自己的分析叫作“对民俗学理论从心理分析学派到当代结构主义学派既诙谐又严肃的探索”。克拉克所用的例证是从一位中西部大学生处搜集到的：

我听到的故事是这样的：有个女孩做了一个高高的发型，像气球的那种，她必须不停地喷发胶才能保持这个形状。有一天，这个女孩坐在教室里听课，老师碰巧发现她的脖子在流血，便问是怎么回事。女孩说：“没什么事呀。”我想她没有感觉到什么。可是随后她昏倒了，人们把她送进了医院。

当然了，结果是那个女孩死了。她为了保持发型，就不断地喷发胶而从不洗头，最后头发实在太脏了，就长了蟑螂。它们把她的头咬出一个洞，然后钻到了她的脑子里。

你知道吗，这是真事，是我的男朋友去年冬天在（肯塔基的路易斯维尔）《快报杂志》上看到的。

克拉克的讽刺方法颇为苛刻，大家可以到他的原文里去欣赏，我在这里只做简单介绍。故事中的发型被解释成既像男性生殖器又像女性子宫，那只虫子的名称cockroach（蟑螂）可被拆分成cock（阳物）和roach（蟑螂）来另加理解。至于对结构主义的诙谐模仿，简单地说，克拉克设计了一套简化解释方案，他标为B/O和S/H，或者BOSH（这个单词的意思是“胡说八道”）。

但是，对于这样一个关于昏倒、血腥和死亡的生动故事——人们有时候还几乎信以为真——我们绝不能认为是“胡说八道”而一笑了之。这个故事的确反映了一些现代人关注的事情，就像那个发生在中世纪的相似故事，它是当时人们对宗教极为关心的写照。此故事警告人们，尤其是留着同样发型的妇女们，不要把时尚和虚荣置于健康和常识之上，这种规劝在今天也还是很有意义的。此外，它也许还对时尚本身的霸权表示抗议。

在口头传播中，这个传说又生出第二代令人作呕的故事，其中的虫子寄生于身体的其他部位。比如有一个人总是感到石膏模下面的腿奇痒难耐，最后发现是潜入石膏模里的蚂蚁或白蚁在作怪，这些东西正在吃模子里的腿。另一个故事中的男孩头痛得难以忍受，疯狂地把一个叉子插到前额里，结果却从里面跑出来一串串的蚂蚁，这些小东西已经占领了他的头颅。另外还有一个当代版的关于发型的故事，它把嬉皮士故事主题和临时保姆传说结合起来，如今在乡村和小镇等地广为流传：它讲述的是一个长发嬉皮士被寄生于卷发里的蜘蛛咬死的故事。

最后，也许是为了证实克拉克讽刺理论中的性主题，这里还有一个新传说，它似乎源于最初的“头发里的蜘蛛”，其名为“迪斯科裤子里的黄瓜”。我在1979年初夏第一次听到这个故事：一个年轻人在一家迪斯科舞厅昏倒了，随后被送到附近一家医院的急诊室。检查的结果是，这个年轻人为了显得更加性感，把一根黄瓜（在其他版本中是一根香肠）放到紧身的迪斯科裤子里。黄瓜挤压了血管，血流不畅，于是他昏倒了。当黄瓜被取出来之后他就好了。啊，虚荣心！啊，民间传说！

“肯德基油炸鼠”

许多流传的故事都和食物污染有关，尽管美国对食物的质量有严格的规定和检查，这些故事却常常被人们津津乐道，听起来像是确有其事，外国餐馆和快餐店更是首当其冲。这些传说具有相当高的可信度，因为实际上几乎所有人都会经常吃外国食物或者装配线上生产出来的快餐，而这些食品被掺杂劣质物或污染的可能性也是存在的（人们怀疑这两类食物的调料有假，或者它们在制作过程中受到了污染）。于是这类传说就通过媒体报道——故事本身常常是不可靠的——回到民间。以下这个新闻故事最近出现在颇受美国人喜爱的深夜访谈节目中。

1979年5月23日晚上，约翰尼·卡尔森在其主持的《今晚访谈》节目中讲了一件最近发生的事：一位妇女控告一家快餐连锁店卖给她“油炸鼠”而不是炸鸡。这位主持人讽刺道：“这不是那个留着白头发和白胡子的老人开的店，这家店的商标是一位穿花衣的笛手……他们会问你：‘你是要胸脯肉呢，还是要尾巴？’”

这样的故事可能确有其事，控告快餐连锁店的事——以及关于控告的传言也时有所闻，因为产品中有异物并不是一件耸人听闻的事情，而且其中掺杂的常常是啮齿类动物的某个部位。在美国民间，有关在食物中掺杂异物的传说和谣言也比比皆是，其中最新、最流行的要数“肯德基油炸鼠”了。马里兰州民俗学家乔治·G.加里（George G. Garey）发表了以下这个版本——他在1971年听一位华盛顿特区的联邦雇员讲过这个故事，讲述者的内弟说他认识一位在该故事中的医院里工作的护士：

> 一天晚上，一对夫妇到一家著名的外卖快餐店买炸鸡。丈夫买好了鸡以后回到车上来，他的妻子吃鸡时说：“这鸡的味道有些怪。”
> 过了一会儿丈夫说：“我看看吧。”他于是把车里的灯打开，这时才发现，妻子吃的是炸得酥脆的啮齿动物。她吓坏了，赶快到医院去。据说代表那家快餐店的律师正在同那位丈夫交涉，主动提出赔偿3.5万美元，因为那位妇女已经有好几天被列入危险病人名单。医院的发言人对此事件不肯透露半点儿消息，所有的护士也都被要求守口如瓶。而且听说第二次的赔款额涨到了7.5万美元，但是同样被拒绝了。后来那个女人死了，他们大概要对簿公堂了。

在这个口头传说中，“据说”“大概”等词语表明故事的背景是模糊不清的，不过其中具体的环境和对话、涉及封锁消息的情节，以及许诺给受害者的精确赔款数字等，则是完整都市传说的特点。在其他版本的故事中，对食物中出现老鼠一事有解释：老鼠由于在除鼠害时中毒，或者在饭店熏烟灭虫害时掉进了油锅。这个细节可能是从另一个更古老的故事中转借来的：一位糖厂的参观者看见一只老鼠在巧克力锅里漂浮。另一些知情者告诉加里，人们最初是在一块炸“鸡”里发现了老鼠尾巴，然后才找到炸老鼠的。加里发现，东部的律师们或司法部的雇员们比较注重故事里有关法律方面的细节，而普通人则对其中令人恶心的方面更有兴趣。

美国少年常讲的“肯德基油炸鼠”版本中，主角是一对晚上正在壁炉前幽会的年轻恋人。他们关掉灯，听着轻音乐，静静地吃着炸鸡（灯光昏暗才使故事中的女人——很少是男人——咬了几口老鼠肉，然后才发现这可怕的事实）。这个背景和先前所讲的华盛顿夫妇坐在黑暗的车里，或其他版本中所讲的汽车电影院里的环境颇为相似。而所有这些传说又让我们想起了“男友之死”和“钩子”的故事——幽会的年轻男女在某处停车亲热，开着收音机。我在犹他州的学生给我讲述了许多本地版本，其中甚至有一些宣称此故事发生在诸如阿拉巴马州等遥远的地方。

在欧洲有一个广为流传的故事，它和饭馆里的老鼠有关，而且在那里这样的故事常常见诸报端，这很可能是美国传说“肯德基油炸鼠”的原型。在不列颠群岛上这个故事往往是：在一家餐馆的食物中找到了老鼠骨头，有时是狗肉（来自德国牧羊人）。一个瑞典报道的故事（还有许多）则发生在希腊。1973年10月29日，一份斯德哥尔摩的报纸刊登了一个故事：一个在希腊罗得岛度假的瑞典男人，美美地享用完了午餐，吃的是鸡肉沙拉，但不巧的是有根骨头卡住了喉咙。瑞典医生帮他把骨头取出，他马上发现这是一根老鼠骨，而不是鸡骨。接下来的调查结果是，在罗得斯岛餐馆的冷库里有满满一冰箱的冷冻老鼠。

民俗学家唐纳德·沃德（Donald Ward）把这个传说的联邦德国版本和美国版本做了比较。联邦德国版本通常和一家私人开的小型外国餐馆（一般是南斯拉夫）有关，而且对食物的污染是蓄意的；而在美国，食物被污染往往是“机械的组合生产线”所导致的。因此，德国故事警告人们要提防不卫生和不诚实的外国工人，而美国传说则抨击大企业唯利是图和粗心大意。

明尼苏达大学的加里 · 艾伦 · 法因（Gary Alan Fine）最近分析了“肯德基油炸鼠”的115个版本，发现这个传说的许多版本在具体细节上有所不同，如快餐店工人因不满老板而恶作剧地油炸了老鼠、油炸了猫等，此外，把炸鸡的面糊里那些调料混合起来即可遮盖老鼠的味道。由于故事中的受害者多是女人，法因认为“这个女人没有尽到其传统角色里做饭的义务，她把对家庭的支配权转给了只顾赢利而没有道德是非观念的公司，因此把家庭推向了毁灭，所以老鼠是一个合适的象征性惩罚”。在法因搜集的故事中，有一个版本很好地证明了这一点。这个故事里的妻子“晚饭什么也没有准备”，她把买来的炸鸡当作自己做的，打算应付了事。由于这顿饭是买来的“家常菜”，所以在昏暗的光线下妻子吃到了炸老鼠，这是她偷懒的报应。

在最受欢迎的有关食物污染的传说中，总是提到在软饮料里发现一只或者一部分讨厌的啮齿动物。我最先看到的是在百事可乐瓶子里有老鼠尾巴，不过此类传说的版本有多种，民俗学者长期以来仅把这些当成不可靠的“可乐民俗”的表现罢了。但是最近出现了此类事件被告到法庭的案例。加里 · 艾伦 · 法因是一位不知疲倦的都市传说研究者，他对发表过的正式上诉法院记录做了系统地研究，得出的结论是：人们在讲述可乐里有老鼠这类故事时提及有关的新闻报道或者法庭案件，或两者都提到，这些千篇一律的指称完全有可能以真实事件为基础。事实上，大部分法律系的学生都在研究这样的案例，加里已经号召民俗学者关注这样一个关于真实案例的报道，它刊登在1971年2月3日的《华盛顿邮报》上：

> 住在福尔斯教堂区的一个叫乔治·帕特拉斯的76岁男子昨天获得了两万美元的赔偿，他曾声称自己喝的可口可乐里有老鼠残骸，这将使他“永远恶心”。
>
> 费尔法克斯县巡回法庭的陪审团经过两小时的争论之后决定给予他赔偿。
>
> 帕特拉斯在诉讼中声称，1969年3月20日，他从福尔斯教堂区格雷厄姆街3109号的一家安全道连锁店花了10美分购得一瓶可口可乐。
>
> 帕特拉斯说，他当着店员威廉·维勒的面喝了两口，然后觉得“有一股怪味”。于是，维勒和他就到商店外面把所剩的饮料倒在马路上。结果发现瓶子的底部留有老鼠的后腿和尾巴。
>
> 随后他就在阿尔灵顿医院住了3天院。他通过律师罗伯特·J. 亚瑟宣称，从此之后他再也不能吃肉了，只能靠吃奶酪、面包和面条过活。
>
> 帕特拉斯住在福尔斯教堂区邓肯道4418号，他要求两位被告——安全道连锁店公司和亚历山大市可口可乐瓶装公司赔款100万美元。据亚瑟说，这些钱包括医疗费用以及对“过去和将来的精神痛苦”的赔偿。
>
> 据首席法官阿尔伯特·V. 小布莱恩说，瓶装公司的辩词是，那只老鼠只能通过“做手脚”才会跑进瓶子里。

毫无疑问，许多类似的新闻内容都被刊登过，但是由于大部分报纸都没有被编入索引，而且在开始刊登有关法院上诉记录的报道之后，这些报纸便随处可得，所以其对口头传说的影响很难估计。也就是说，关于可乐里有老鼠的传说可能来源于真实事件，但很难确切地说这是怎么发生的。以下是法因教授引用的另一个案例报告的一部分，它显示了诸如黑暗以及食物被发现受污染之后的结果等细节，这些细节被用于法院的案例中，也可能直接或通过媒体被人们口头传说：

> **原告埃拉·里德·克利茨的住处离购买可口可乐的这家商店大约0.25英里，在1931年1月9日下午6点，她让妹妹蒂莉到这家商店买两瓶可口可乐。饮料买来以后妹妹递给她一瓶，屋里光线昏暗，原告打开瓶子开始喝，接着就恶心、呕吐。打开灯之后她发现瓶子里有烂老鼠。达尔内尔医生来了以后便马上给她洗胃（该案件的被告为塞尔比威尔可口可乐瓶装公司）。**

法因找到的最早案例是密西西比州哈里·查普曼状告杰克逊可口可乐瓶装公司，公司败诉以后于1914年提出上诉，被驳回。首席法官引用罗伯特·伯恩斯（Robert Burns）的著名诗句“告老鼠”指出：“在本案中一只‘小小的老鼠’闯了祸，这只‘滑滑的小宝贝’在一瓶可口可乐里淹死了。”此后到1976年，又有44起案件被提请诉讼，但是由于有关法庭审案过程的记录没有公开发表，所以没有人能说清有多少起案件被受理，又有多少起案件是庭外解决的。案件中的原告和传说版本里的典型角色不同，其男性多于女性（25对20）。这些案件的发生地分布在23个州及哥伦比亚地区，自1914年以来的每个年代都有，而50年代最多（15起），大部分案件都发生在南方各州（21起）。

关于污染的诉讼在全国各地层出不穷，毫无疑问，这就使得那些讲述食物和饮料里发现老鼠残骸的都市传说充满活力；但是另一方面，如果说一些案件是按照传说的套路被编造出来的，也并非不可能。人们可以推测，一些听过此种传说的员工由于对公司不满而决定通过破坏软饮料来证明传说的真实性。这些故事的罪魁祸首总是老鼠，而老鼠也只钻软饮料瓶子，这难道只是巧合吗？虽然法因教授调查的45个案件全部和苏打饮料里的老鼠有关，但是他也揭示了一些其他诉讼案件，其中涉及之物有蟑螂、蛆虫、蠕虫、烂花生、香烟头、煤油、混凝土、玻璃块、发夹、别针、颜料，以及避孕套，这些东西被混杂在牛奶纸盒、啤酒瓶、馅饼和餐馆的菜肴里。尽管如此，绝大部分口头传说还是和软饮料里的老鼠残骸有关。

下面我们比较法因教授搜集的另外两个口头传说版本，由此便可以看出从事实转化为民间传说的可能渠道。其中一个是案件的法庭记录，带有此类文件典型的直截了当、不含感情色彩的风格：

> 1943年7月24日晚，原告及其妹妹来到“斯帕糖果店”，在柜台边坐下之后要了两瓶可口可乐。服务员从冰箱里拿来两瓶，打开盖之后分别放在原告和她的妹妹面前。原告在每瓶饮料中插入吸管，然后便开始喝，没有特别注意瓶子里的东西。据原告说：“我喝了一半之后便对妹妹说‘这饮料有一股难闻的味道’，她说自己的那一瓶还可以。我接着往下喝，喝到瓶底时我的吸管碰到一些东西，我拿起来一看，发现里面有一只死老鼠。我大叫，店主过来让我别叫了，以免引起其他顾客的注意，店里当时有几个顾客。我很恶心，便走出去吐了。”（帕塔尔吉斯告芝加哥可口可

乐瓶装有限公司）

试把上面这段描述和下面的都市传说做比较，这是30多年后法因教授从一位明尼苏达大学的学生处得来的：

> 两个妇女来到一家餐馆吃午饭。她们坐下来点完菜以后还要了七喜。饮料装在绿色的旧瓶子里。她们坐在那里，把各自的杯子都装满之后就像一般的老太太一样聊了起来。……当一杯饮料喝完之后，其中的一位正在倒第二杯，这时候她突然发现瓶底有东西，但是看不清到底是什么，她们盯着它看，想弄明白这七喜瓶子里到底装了些什么，最后她们想办法把它倒了出来，结果发现是一只烂老鼠。她俩昏倒了，醒来之后回到家，就起诉七喜公司，获得了几千美元的赔偿（根据录音整理，1976年11月15日，讲述者为明尼阿波利斯的一位20多岁的男子。故事来源于1960—1965年间爱荷华州的达文波特，他相信这是真事）。

在这里，传说形成的过程不仅仅是简单地、断章取义地重述一篇新闻报道，明尼苏达的故事讲述者并没有根据法庭记录来重新演绎，因为他对此并不知情。相比之下，民间传说与法庭陈述以及媒体报道之间交互影响，倒是很有可能，当然比起律师和记者来，故事讲述者通常更会讲故事。值得注意的有趣之处是，口头传说中通常宣称或者暗示：在软饮料瓶子官司里，消费者获得了巨额赔款；但法因教授在统计了35个案例后指出，实际数额从50美元到2万美元不等，平均不过1727美元而已。

几乎没有民间传说的讲述者会拿着关于食物中有异物的新闻报道来证实自己故事的真实性，他们的“证据”仅仅是口口相传而已。最新的关于食物的谣传，通常是莫须有的新闻故事的撮要转述，或许会演变成为新的民间传说。例如，1977年，在青少年人群中，通用食品公司的“跳跳”牌泡泡糖和益生公司的“泡味美”牌口香糖就成了传言的对象。典型的故事是：有几块泡泡糖（有时是一整包）被一个孩子吞了下去，最后孩子被噎死了。讲述者通常宣称是从报纸或杂志上得知这些“真实”故事的，但他们却拿不出这样的报刊文章来印证。在传言中，“泡味美”口香糖里面有蜘蛛蛋，会导致癌症。当讲述者言之凿凿地声称读过这类真实案例的时候，迄今为止发现的唯一一篇报纸报道却恰恰让传言不攻自破。传言的力量是如此强大，以至于益生公司迫于压力，不得不在《纽约时报》等报刊登出整版广告，标题是《有的人正在向你的孩子散布有关一种很好的口香糖的很糟糕的谎言》。

麦当劳公司也曾成为两个全国流行的传言的受害者。第一个故事于1977年流传开来，说麦当劳将盈利的很大一部分捐赠给了一个邪教。这个故事不久就销声匿迹了。而1978年末另一个故事又流传开来，声称麦当劳的巨无霸汉堡包里面添加了虫子，以增加蛋白质含量（应该提一下的是，其实虫子比牛肉贵得多。还有一种说法是用袋鼠肉替代汉堡包的牛肉，当然袋鼠肉也比牛肉贵）。直到现在，这两个传言都没有演变为情节风格俱佳的都市传说，但传言和传说之间的某些互动作用还是很明显的，因为它们涉及的都是年轻人喜爱的、大批量生产和消费的食物。它们透露出来的信息是：“小心你吃的东西，特别是那些包装漂亮、从大规模速食生产线上生产出来的东西！”

这些令人反胃的食物故事，看来不像是食品或饮料生产商为了竞争而栽赃抹黑编造出来的，因为这些故事的传播和版本都是变幻莫测的，故事矛头针对的公司也并不固定。对待它们，最好的防护办法就是保持沉默，因为这些传言最终会销声匿迹；从长远看，它们很少能给大公司造成损害。

“下水道里的鳄鱼”

动物转换栖居地的故事由来已久，当代民间传说中，也有很多关于凶猛动物潜藏在原本不属于它们的地盘的故事。有时候，故事讲述者会以此为基础，添油加醋，生发开去。民俗学家帕特里克·马伦（Patrick Mullen）描述了这一过程：

> 人们总是愿意追根寻底，弄清事情的起因、动机和缘由，以便把故事讲得有鼻子有眼。例如，纽约下水道鳄鱼的传说就提出了一个重要的问题：它们是怎么跑到那里去的？有一个传统的版本给出了答案：有个刚刚从佛罗里达州回来的游客，带回了一些活着的小鳄鱼，因为养烦了，就把它们从抽水马桶里冲了下去，后来它们就在下水道里繁殖开来。

尽管在美国民俗学者的著述中，没有几个人提到这一特殊的“传说”，但是很多人听过这个故事，媒体上也大量登载，足以证明它流传之广。这些媒体上的报道，表明马伦所述是一个较为标准的版本，情节概括如下：小鳄鱼（通常来自佛罗里达州），冲水，在下水道繁殖（通常是在纽约城）。两位爬虫学者谢尔曼·A.明顿（Sherman A. Minton）和马奇·拉瑟福德·明顿（Madge Rutherford Minton）在《巨大的爬行动物》（1973年出版）一书中，不仅叙述了故事情节，搜集了不同的版本，而且还标明了其流传的具体日期：

> 60年代末最愚蠢的民间传说之一，就是那个有人把不想饲养的小鳄鱼从抽水马桶冲走，导致纽约下水道里鳄鱼繁殖的故事。在某些叙述里，它们靠吃老鼠长得身形巨大。我们没能追寻到这个传说的源头，但可以向纽约市民保证，鳄鱼不在他们都市生活难题之列。

1974年，《纽约人》杂志为他们见多识广的读者们提供了这个故事的一个搞笑版本：

> **一则愚蠢的传说**
>
> 纽约城的下水道里，并非像谣言所云，聚集了大量曾经是家庭宠物的鳄鱼。那些长长的、可怕的东西是来历不明的小型潜水艇，可能来自玻利维亚。

有一部当代都市小说提到了这个传说最为详尽的版本，它就是托马斯·品钦（Thomas Pynchon）于1963年发表的科幻小说《V》，其在描写一个纽约波多黎各街头党时有这样一段：

他还记得小鳄鱼吗？去年，也许是前年，全纽约的孩子都去买这些小鳄鱼当宠物。梅西商店卖五角钱一条，几乎每个孩子都有一条。但是很快，孩子们就厌倦了它们。有些人就把它们丢在大街上放生，更多的人是用抽水马桶把它们冲走。鳄鱼们在下水道里吃老鼠，繁殖长大，眼睛瞎了，得白化病了，下水道里到处都是，天知道到底有多少条啊。因为老鼠都被吃光了，或是被吓跑了，有些鳄鱼开始互相咬食。

虽然品钦围绕下水道鳄鱼的主题，编织了一幅超现实主义的地下图景——还有一支巡警队来捕杀鳄鱼——但他运用民间传说的手法依然是传统的。鳄鱼得白化病和变瞎的细节，与代代生活在黑暗洞穴的动物们的身体变异情况相吻合，而且和此传说一样，白化病成了另一个“纽约白大麻”传说的组成部分。在那个传说里，因为毒品交易被告发，大麻种子被抽水马桶冲走，在纽约下水道里到处生长。理查德·多尔森（Richard Dorson）教授在《传说中的美国》一书中，收录了从加利福尼亚州伯克利大学学生那里搜集来的60年代末的这两个纽约的传说。传说里的白色大麻——因为缺少阳光所致——在营养丰富的下水道里茂盛地生长，有的人想收获之，但是却被吓退，原因是：

已长成的鳄鱼在纽约的下水道里到处游荡。其起因是许多人从迈阿密度完假回到纽约时，带回一些小鳄鱼给孩子们当宠物。但是随着小鳄鱼一天天长大，越来越不适合当宠物养，而主人又不忍心将它们的皮剥下来当皮革，于是大发善心，将它们冲进了下水道，其中的一部分在新环境里

成活了。这给下水道清洁工带来了麻烦，他们公开抗议，反对这种给他们的职业增添不必要危险的行径。

在品钦的叙述中有一个鳄鱼故事的版本，它包括身体变白、眼睛失明的细节，1975年《今日心理学》把它当作民间传说发表：

也许你听说过关于纽约下水道里的那些失去视力的白色鳄鱼的故事，它们的祖先来自佛罗里达州的度假区。住在小公寓里的人们把它们带回来之后，不知道应该怎么处置，只好匆忙将其冲进下水道。这些小东西整天游荡在下水道里，由于没有阳光而导致身体发白，双目失明。

犹他大学研究生埃德·达里桑德拉（Ed D'Alessandro）是纽约（市）人，他很了解这个口头传说，却苦于找不到更多的相关民俗研究资料，于是1978年他从犹他大学的学生中抽取了一些传闻和故事的版本。尽管达里桑德拉的抽样范围较小，且所涉及的地点与曼哈顿街道的距离较远，但是他的研究成果可能正好代表了当时的民俗传统。

他采访了16名学生，年龄在19—27岁之间，他们都听说过此故事的某个版本。其中有7人来自纽约州（一般是纽约市），其他人则来自中西部或西部内陆，包括盐湖城。他们中有9名男生，7名女生。所有人都至少听说过故事的梗概——宠物小鳄鱼，冲进下水道，在下水道里长大等。有4人相信它们来自佛罗里达，但有2人认为小鳄鱼是在当地买的。4人指出是“小时候”听说这个故事的，2人指出了更具体的年代，即20世纪50年代晚期或者60年代中期。在这16个版本中，7人指出或者明显地暗示鳄鱼现在还在纽约市存在，但有3人分别提出其地点在密西西比河、丹佛或盐湖城（有6个版本的地点不详，不过很可能是指纽约市，因为被采访者可能都知道达里桑德拉来自那里，所以事先都假定他知道故事的发生地）。因此，这个传说似乎是相当标准化的了，但还是带着所有民间传说共有的风格，即随着地区和情景的不同而有所变化。

达里桑德拉关于传闻和传说的调查分析中，有两个特别有意思的方面。其一，有5个被采访者为故事提供了所谓的具体证明，即有3个人曾在报告中声称下水道工人已被小鳄鱼咬了；有一个在讲述的开头便说，实际上他的邻居就曾经把小鳄鱼冲到下水道里；一个来自纽约市的学生说她见过小鳄鱼从下水道口的栅栏往上看。其二，学生们大量引用媒体报道来证实故事的真实性：有6人说他们是通过报刊或电视得知此事的，比如《冒险/男性杂志》、电视节目《国家讽刺》《蜜月之人》（一个由杰克·格里森导演的电视剧，阿尔特·卡尼扮演其中的下水道工人），甚至还有品钦的小说《V》。这两个方面充分显示了传说的典型成长过程，它从一个简单的口头传闻经过许多人的重复讲述以及媒体报道（至少是关于此类报道的报道）的加工，逐渐获得了煞有介事的细节。

很明显，这16个故事版本都没有提及鳄鱼失去视力和身体变白的情况，尽管有几个人在谈到下水道的生态系统时认为其他宠物也可能被冲到下水道之后在那里生长（比如金鱼）。此外，他们还想象出了鳄鱼在如此环境中可能长成的庞大身躯（长达8英尺）。有一个纽约（市）人在讲述时没有明确提到诸如品钦等作家，但他的故事却包含了和各种印刷版本中相似的成分，其内容如下：

有一次我和朋友在街上溜达时，想要搞清楚冬天从下水道冒出来的烟到底是什么玩意儿。我们觉得，既然被冲到下

水道里的有大麻、婴儿和小鳄鱼，那么他们都会在那里生长，结果肯定是小孩儿们骑在鳄鱼背上抽着大麻——真是痛快，那便是烟的由来。

人们不难想到，“下水道里的鳄鱼”只是年轻人想象出来的（大部分讲述者是青年），由于他们自己的小宠物被冲到下水道里，于是他们幻想着那里的情景，并编造出更多的细节。而相信此类传言的人实际上可能有过宠物被冲走的经历。年轻的故事讲述者在动物园里、电影里或者书本里见过鳄鱼的样子，因此他们有能力把故事编得头头是道，然后再由报纸杂志等新闻媒体推波助澜。编造此类故事的另一个原因是，可爱的小宠物最终将长成可怕的庞然大物：人们既不能训练也不能控制它，喂养它也颇昂贵，因此其长大之后（对大多数人来说）肯定有碍观瞻。此传说也为进退两难中的人们提供了一条出路。

此类故事有可能包含某些真实性吗？人们在谈论时常提到这个问题。纽约的下水道对热带小动物来说肯定是太冷了，而小鳄鱼经过下水道的冲刷并处在地下黑暗恶臭的环境中，在这样的双重磨难中其存活的可能性令人怀疑。即便它们活下来了，又有多少机会交配繁殖？它们的卵能避开地下的水流和终端的污水处理厂吗？

不可能，不可能，我们的直觉和经验告诉我们：这一定又是一个在流传中经过各种巧妙的加工而变得似是而非、真假难辨的传说。然而，人们真的从纽约的下水道里拖出了一条成年鳄鱼，关于这件事确实有可靠的报道。这是人类学家洛伦·科尔曼（Loren Coleman）在《纽约时报》的存档中发现的。他研究的是“不寻常的现象和事件”，尤其是有关动物的口头传说，最终他找到了70多个有关鳄鱼的报道，其时间从1843年绵延至1973年，发生的地点遍布美国各地。可是在所有报道中只有一宗涉及下水道，那是在曼哈顿东123号街。1935年2月10日，《纽约时报》的报道这样开头：

住宅区下水道里发现鳄鱼

青年人在用铲子把雪铲进下水道口时

见其正在雪水中游动

遂将其捕捉并拖出来

因该动物逞凶所以被其捕获者杀死——

关于它来自何方仍然迷雾重重

居住在第123号东街、靠近昏暗的纽约黑人区哈雷姆河的青年人昨天黄昏在把最后一堆残雪铲进下水道口之时，经历了一段颇不寻常的遭遇。

今年16岁，住在第123号东街419号的萨尔瓦多尔·康德鲁西被分派到路边干活儿。他的伙伴们把黑糊糊的雪泥堆在他附近，而他总是要在仔细观察下水道的容量之后，再用铲子铲雪进去。

突然，在地下10英尺的地方，即下水道通向河流的接口处出现了堵塞。萨尔瓦多尔大声叫："嘿，哥们儿，等一下！"然后蹲下来想看个究竟……

在暮色中，他所看到的差点儿把他吓得掉进冰冷的下水道里：冰面下有凸凹不平的物体在移动，同时这个黑色物体正在突破那层冰。萨尔瓦多尔的眼睛睁得大大的，他费劲地站了起来，对他的伙伴们喊道："实话告诉你们，是条鳄鱼！"

接下来的故事，包括那只动物的悲惨结局，在新闻标题里已经概括表述了。结果证明那条鳄鱼有“7英尺半至8英尺”之长，至于它来自何方，记者认为可能来自一条路过的船，而船当然是从神秘的大沼泽地而来。

那么，也许科尔曼已经为一个传说找到了其唯一的源头，此传说是都市传说中传播最久的故事之一。据一位前纽约市下水道专员所说，在20世纪30年代中期，纽约的下水道里确实有鳄鱼。罗伯特·戴利（Robert Daley）曾写了一本关于开发曼哈顿地下公用事业的书，书名是《城市下面的世界》。他在书中指出，反复出现的关于下水道里的鳄鱼的报道最终迫使下水道专员特迪·梅（Teddy May）不得不亲自视察那里的情况。梅对戴利说他的确发现了鳄鱼（平均2英尺长），接着他立刻开展了一项将其清除的运动，可以明确地说，到1937年鳄鱼已经绝迹了。当然，梅所听说的报道有一些可能是民间传说，而品钦的小说描写以及当前的一些民间传说都可能把戴利对梅的采访当成了第一手资料。不过最重要的一点是，只有那些能吸引民众共同兴趣的主题才可能被吸收到民间的口头传说中。也就是说，无论是“下水道里的鳄鱼”“肯德基油炸鼠”，还是“头发中的蜘蛛”，它们都有一个共同的主题，那就是动物污染了人类的环境。

不管这些传说的源头在哪里，那些在恶劣条件下仍然顽强生存着的动物们，以及下水道里到底是什么样子这些令人着迷的话题足以使这些传说受到欢迎。事实上，有一本不错的儿童读物便是根据这个传说改写的，书里仍然强调了以上这些要点。这本书的作者是彼得·利普曼（Peter Lippman），书名叫《大逃亡》，又名《下水道的故事》（1973年）。书中讲述了纽约市下水道的鳄鱼们重回佛罗里达沼泽地的故事——它们装扮成游客，租了一架飞机，然后在丛林上空跳伞而逃。

第五章

尸盗

对于传说的讲述者和听众来说，怎样处置多余的宠物，是一个值得津津乐道的话题。长得太大的宠物小鳄鱼，可能会被塞进下水道，但更常见的难题是，怎么处理死了的宠物？在传说中，不幸的动物通常是一只猫，但在其他一些相关的传说中，情况更为严重，因为要处理的是家中的死人。

“包裹中的死猫”

显然，你不能把一具猫的尸体塞进抽水马桶，住在公寓的住户要把一只死猫埋在院子里也是不可能的。这可是个实实在在的难题，但是在传播已久的民间传说里，这个难题不过是小菜一碟：把猫整整齐齐地包好，放到别的地方就是了，因为随后它会被偷走。

我第一次听到这类故事是在1958年，那时我还是印第安纳大学的研究生。我在协助理查德·多尔森教授编著《美国民俗》一书的过程中，在“当代民俗”一章里见到了这类传说。第二年，在印第安纳当地的报纸《每日电讯》（1959年5月28日版）的头版专栏上，类似的传说被当成真实事件刊登报道出来：

> **商会经理朱利斯·亨德里克告诉我们，他在印第安纳波利斯的邻居发现了一种处理猫的尸体的新办法。这个妇人知道城市管理条例禁止埋葬动物尸体，于是打电话给一个乡下的朋友，请她帮忙埋葬。朋友同意了，她俩约好在城里一家商场的休息室见面。**
>
> **妇人把死猫放在一个深色的纸袋里，在去休息室的途中停**

下来买东西，结果不小心把纸袋忘在柜台上了，回来再找时，纸袋已不见踪影。有个店员很同情地告诉她，最近商场里面小偷猖獗，肯定是他们干的。妇人虽然没有按计行事，但小偷帮忙解决了问题，于是就准备回家。

刚走出商场大门，只见外面聚集了一大群人。妇人挤进人群看热闹，结果看见一个200多磅重的女人昏倒在地上，怀里抱着一个深色的纸袋，袋口露着一个死猫的脑袋。

我把这则报道剪下来保存了多年，把它当作报纸刊登的都市传说例子，用于课堂教学。后来，有人给了我1963年赫布·凯恩（Herb Caen）在《旧金山编年史》中的《我们时代的寓言》专栏部分，其中提到“有两个在旧金山流传最久的故事是关于猫的”。我们先看看凯恩的第一个故事：

有一个女人把一只死猫放在一个鞋盒里，在去埋盒子的路上，顺便到市中心的商场买东西。挑选商品的时候，她把鞋盒放在柜台上，后来鞋盒就不见了。过了一会儿，商场保安人员发现一个女贼昏倒在地，腿边有一个打开的鞋盒……这个故事早在1938年就登载过，现在又在某些专栏里出现，至少每年一次。

应当注意的是，在上面两个版本的故事中，猫主人的难题都得到了解决，小偷也受到了惩罚，而且主角都是女性。故事虽然很简短，但也说出了包装物的细节和最后的结局。还有些版本增加了个别有说服力的细节，比如，解释猫主人把纸袋或鞋盒放在柜台上——是因为要试戴手套或者试抹化妆品。第一个版本中提到的城市管理条例，无疑给故事增加了真实性，但肯定是与事实有出入的，因为总得把动物尸体埋在什么地方吧。此外，故事提到女贼的超常体重又有何意义呢？或许只是为了增加一点儿她昏倒时的戏剧性效果吧。以后我们还会碰到诸如商场休息室、女贼腿旁或怀里的猫的尸体之类的主题。不管怎么说，在这类传说中，肯定没有人兴高采烈或者心平气和地面对眼前出现的动物尸体。

在凯恩的版本中，没有提到转移猫的尸体的动机，而在1953年以油印本印刷的《阿肯色州民俗通讯》上的一个版本，则补充了动机问题。这次，故事的地点是在华盛顿的一家商场里：

猫的尸体

这位住在华盛顿的女士是个政府工作人员，同其他给政府打工的人一样，她也住在租来的房子里，养了一只老猫。有一天，猫死了，她不知道该如何处置，于是就打电话给一个朋友，朋友让她把猫带到自己家来，可以埋在她家的花园里。这天她休班，就把死猫放在一个鞋盒里，带着上了公交车。在E大街转车的时候，她忽然想起要到伍德沃·洛思罗普商场买点儿东西，如果回来再买，商场就打烊了。进了商场，她把鞋盒放在柜台上，挑选自己要买的东西，一转身，鞋盒不见了。店员过来询问，她说鞋盒丢了。店员打电话叫保安，她茫然地站在那里不知所措，哭笑不得。一个商场的便衣女保安说，小偷通常偷顾客的东西而不偷商场的东西，因为后者更容易被起诉。保安还说，他们跟踪过一个女贼，她偷东西得手后就会去卫生间查看赃物，然后把包装扔掉。于是他们一起跑到女卫生间等候。最后，管理员用钥匙打开一个隔间，发现一个女贼昏倒在里面，腿旁有一只死猫！

1953年的这份出版物上，还刊登了另外一个重要的版本。事实上，这个版本中有一个重要的细节与众不同——趁主人没注意，装猫的盒子被调包了——这也许应该被列为故事的亚类型B（与亚类型A相同的是，朋友安排了与猫的主人会面）。故事的搜集者说，这个故事是他的一个朋友讲述的她自己的经历，背景变成了伦敦，主人公不是政府工作人员，而是一个学者：

猫包裹

她是一个单身女学者，在大英博物馆工作。因为住在公寓里，她不能养猫做伴。一个英国朋友送给她一只猫，让她偷偷地养着，给管理员一点儿好处当封口费，把猫藏在卫生间的一个盒子里，在里面铺些报纸就行了。女学者就把猫藏在大衣里带进了公寓，整个冬天都与猫为伴。

后来，猫死了，她得处置猫的尸体。她把猫整整齐齐地包裹起来，正要放进火炉时，房东过来和她聊天。“这样不行。”她自言自语，只好带着包裹上班去了。

路上，她找了个合适的地方，正想把包裹扔进下水道，一个警察走了过来盘问她，她只好赶紧走开；她去吃午饭，门卫又提醒她别忘了带走包裹；她上了巴士，想把包裹丢在车上，可是刚要下车，旁边一位乘客把包裹递给她；吃晚饭的时候，她想把包裹留在饭店，结果服务生又提醒她带走；在地铁里面，她也没有得手。

她气急败坏，就给赠猫的那个朋友打电话。朋友告诉她："把它带出来，咱们把它埋到附近的宠物墓地去。"
她赶到墓地，在埋葬之前，她想最后看一眼自己的爱猫。打开包裹一看，里面竟是一只羊腿！

现在口头流传的"包裹中的死猫"的故事，大都没有了公寓居住的情节，取而代之的是：猫通常是偶然被汽车轧死，懊悔的司机把猫的尸体带走。偷东西的地点往往是在购物中心，之后的故事就都发生在郊区了。此外，至少在我听到的盐湖城版本中，小偷下手偷包裹时被一个车主发现，从而导致了一个新的故事结局。下面两个版本，故事的背景都是盐湖城郊区的一个人气很旺的商场：

琳达讲的这个真实的故事，发生在圣诞节前去抢购东西的一对母女身上。当她们在节日的车流中急急忙忙地赶往"白杨"购物中心的时候，轧到了一只猫。看着冰冷的路面上躺着的可怜的死猫，开车的妈妈难受极了。她觉得不该把猫遗弃在车流滚滚的马路上，于是就把它小心地放进一个凯撒顿（名牌）的塑料袋里，放在后座上，打算回家后再把它埋葬。
她们继续赶路，并幸运地在商场找到了一个停车位。当她们下车走向商场，快进门的时候，她们本能地回头看了看，发现一个女人径直朝她们的车走过去，抓过后座上的凯撒顿袋子就往自己的车那边跑。母女俩赶紧悄悄跟上去，一直跟到凯马特连锁店。女贼累了，在一个吧台要了杯饮料，胳膊弯里还夹着那个袋子。女贼轻轻把手伸进袋子，想看看偷了些什么宝贝……接着她被吓昏了，店员们想尽办法也没能让她醒过来。急救车来了，娘儿俩看见女贼躺在担架上被抬了进去，那个袋子还放在她的肚子上。

在这个故事中，“节前抢购”是一个亮点，给后来的在拥挤的马路上轧死猫、小偷在停车场闲逛着寻找未锁汽车里的值钱物品等情节，做了很合情理的铺垫。在当地的另外一些版本里，女贼醒过来了，可是一看肚子上放着的袋子，就又昏了过去。

盐湖城的第二个版本，与摩门教会宣讲神圣教义的家庭导师有关，这一具有当地特色的细节，无疑给故事增加了可信性。汽车轧猫的地点是学校附近，这也为下车捡猫提供了解释。当然，故事的来源是“朋友的朋友的朋友”，这更是都市传说的典型特征：

家庭导师告诉我们一件发生在艾伦·菲皮斯的岳母的朋友身上的事。

菲皮斯说，这个朋友开车经过一所学校时，轧死了路上的一只猫。她不想让放学回家的孩子们看见路上的死猫，于是就停下车来，把死猫装进一个塑料袋，扔到后座上，然后继续开车去“白杨”购物中心。

到了那里，她下车走向大门口时，吃惊地发现一个女人打开自己汽车的车门，把装猫的袋子拿走，上了另一辆车，开到购物中心的另一边去了。朋友被激怒了，开车跟了上去。

女贼从东南入口走入购物中心，然后进了一家小餐馆。朋友继续盯梢，她看见女贼把手伸进塑料袋里摸了摸，接着便惊叫一声昏倒在地。顾客们都在围观，店主赶忙打电话叫急救车。

救护人员赶到后，把她抬上担架。不知是一个店员还是顾客发现了那个袋子，就小心地把它放在了她的身边。

我所知道的此类故事最值得注意的版本，是偶然从一个来自东海岸的学生丹·阿尔诺处得来的，他在1973年选修了我在犹他大学教授的《美国民俗》课程。他的故事来自一个叫多萝西·古德的当地妇女，阿尔诺在他的作业中形容她是一个“非常机智、活泼的75岁老太太”。古德出生于新泽西州，她记得，大约是在8岁时，父亲给她讲了这个传说。征得她的同意，我把古德太太打印的“火腿猫”的故事照录如下：

> 1906年冬天，当我还是个小姑娘的时候，我们家住在新泽西州的一个小镇上。我爸爸每天都是乘坐当地的通勤火车去纽约城里的办公室上班的。
>
> 路上大概需要花一个钟头，我爸爸和他的三个朋友就利用这段时间玩牌。其中两个朋友在起点站上车占座，待半路上爸爸和另一个朋友分别上车后，他们就面对面地坐在一起，在小桌上铺开报纸，开始玩牌。
>
> 有个星期一的早晨，最后上车的一个朋友上车时带着一个大纸袋。大家问他纸袋里装的是什么，他说家里的老猫在周末死了，因为天冷地面都冻硬了，没法挖坑把它埋起来，他的妻子就出主意，让他在去纽约的渡船上，把猫扔进水里。妻子把蜷曲僵硬的猫，用牛皮纸仔细捆绑打包，交给他带上。
>
> 到新泽西城后，那个朋友上了渡船还和大家津津乐道刚才的牌局。天挺冷，大家都待在舱里。差10分钟就靠岸了，可那个朋友的猫还在手里。他一直带着猫进了办公室，把

袋子放在求生通道里保持低温。干完一天的工作后，又带着猫踏上了归程。

四个朋友又在渡船码头相遇了，他们上了船，一路谈天说地，把猫的事情忘在了一边。

上了火车，人很多，他们几个没法坐在一起，带着猫的那个朋友把袋子放在行李架上，一路看报纸，直到下车的乘客们腾出位置，他们四个朋友才又面对面地坐下重开牌局。

带猫的朋友该下车了，由于玩得太投入，他差点儿没听见列车员报站，于是赶紧冲向车门，忽然想起自己的猫，又跑回来从座位上抓起那个袋子，匆匆忙忙下了车。

一进家门，妻子见他居然还带着袋子，就责骂他，并拿过袋子放到后门廊上，这时妻子注意到袋子好像有点儿异样，打开一看，里面是一块诱人的14磅重的火腿！

这位朋友接下来三个星期都坐另外的车去上班，没敢上那班火车和三个哥们儿相聚玩牌——因为和他拿错袋子的人可能会认出他来！

这个故事属于亚类型B（包裹被调包），但是差不多50年了，其间都没有报道重新提及。现在这个版本，故事里的人物、地点等细节都大大丰富了：交通工具变成火车和渡船而不是汽车或巴士，故事中的主角都是男性；所有的细节都是那样生活化，使人如临其境，连火腿的准确重量都做了说明，恨不得连他们玩牌的得分都告诉你。比起民俗学者搜集到的一些版本，这个版本的源流显然更为久远。

让我们回到赫布·凯恩的第二个“旧金山的猫”故事版本，虽然它与汽车意外撞轧有关，但被当成了食物中毒的牺牲品：

有一家人外出采蘑菇，回到家后，因为害怕蘑菇有毒，就先喂一个蘑菇给自家的猫吃。之后看猫没事，全家就开始大吃起来。

忽然，有人从窗户往外看，见那猫竟然已经死在草地上，于是全家人急忙跑到急救中心去洗胃。

等他们回到家里，见到送奶工（或者清洁工、洗衣工）留下的一张纸条，说他开车时不小心轧死了那只猫，他很抱歉。

这个传说谴责了这个加利福尼亚的家庭拿“猫”做食物试验的行为。我听到的版本是：有个家庭正举行盛大的晚宴，有一条很大的烤鲑鱼是主菜。客人们还没到，家里的猫悄悄偷鱼吃，主人一脚把它踢出后门外，然后拿了些柠檬片和香芹遮盖鲑鱼身上的咬痕。后来人们发现猫死在后门廊边，客人们也都知道了令人恶心的真相，纷纷到医院去洗胃，晚宴不欢而散。更糟糕的是，第二天早晨，隔壁邻居承认，宴会当晚，是她开车轧死了那只猫，为了不扫大家的兴，就悄悄把死猫放在了后门廊边。

与这些传说有关的，是最近在纽约流传的一个故事：有个人每天都把他的垃圾仔仔细细地包好，放在汽车后座上，车门不上锁。当然，肯定有上当的小偷。

“丢失的奶奶”

“丢失的奶奶”是另一个广为流传的都市传说，故事里放在汽车中的遗体被不知情的窃贼偷走。如果说“家中死者”的主题在“包裹中的死猫”传说里尚未直白地表露（宠物也类似于家庭成员），那么在这个传说里则很清晰了：家里真的死人了。怎么处置她是一个难题，不仅是实际操作的问题，还有法律方面的问题，她的死亡还令家人心慌意乱、不知所措。当一个倒霉的陌生人解决了这个难题后，全家人总算如释重负。

“死猫”和“被盗的奶奶”这两类传说的高潮部分总是让人在紧张不安的同时，还有种幽默感。讲述者用带有感情色彩的叙事语调串起整个故事，感染听众，并暗示其特色独具的主题。猫的传说通常一开始就面临处置猫的尸体的难题，而“丢失的奶奶”中此难题则常常在故事中间出现，藏匿尸体的动机也截然不同，从来没有调包的情节出现。

美国民俗学家罗伯特 · H. 伍得沃德（Robert H. Woodward）比较了1963年刊登在加利福尼亚圣何塞市报纸《墨丘利神》上的两个传说，注意到它们之间有相似之处。他将“丢失的奶奶”传说称为“正在增长的都市故事宝藏的新品”，并解释道：

> 一个当地人讲述了他知道的某个华盛顿州家庭经历的真事。这一家人外出度假，过了墨西哥边境后，一个孩子说：“妈妈，奶奶怎么起不来了。”家里人发现奶奶已经死了，就把她放进一个睡袋里，固定在车顶，准备到达下个城镇后就报告警方。结果他们的汽车被盗，奶奶的遗体还在车顶，家里人到处寻找不获。
>
> 另外一个当地人说，在意大利也发生过类似的事。

还应当注意的是，与伦敦版本的“包裹中的死猫”不同，这个故事中的人物在难题出现时正在国外。出门在外，使他们面临的困境雪上加霜。

在民俗学研究著述中出现的第一个“丢失的奶奶”传说版本，同样是在1963年（看来1963年这个传说大行其道），讲述者是一个英国妇女，她是在加拿大听她表弟说的，而她表弟是在英国利兹市听到这个传说的。传说的主角当然是英国人，同美国人去墨西哥旅行类似，这些英国游客是在西班牙经历了一次奇异之旅：

> 这个故事是我表弟告诉我的，他是从利兹市的一个朋友那里听来的。他朋友认识的一对夫妇，带着他们的祖母，开车到西班牙去露营度假。露营时，祖母自己睡在一个帐篷里。
>
> 一天早晨，夫妇俩准备撤营出发，却半天没听到祖母帐篷里有什么动静，过去一看，她已经死了，身体已经僵硬。夫妇俩蒙了，不知如何是好，最后决定用帐篷把她包起来，放在

车顶，然后到就近的城镇里去找领事馆和警察局。

进了城后，他俩又冷又饿，就想在去找领事馆之前，先喝杯咖啡提提神。他们停好车，进了一家小咖啡馆喝咖啡。出来一看，车不见了，被人偷走了。

这样，他们只好空着手回到了英国，把汽车和祖母留在了西班牙。问题是，这样一来，祖母的遗嘱也就成了无法验证执行的一纸空文了。

鉴于美国传说中“丢失的奶奶”的故事有可能是从欧洲传播而来，有的美国版本中，将故事发生的地点笼而统之地说成是“欧洲”的某个地方，也就不足为奇了。下面这个细节丰富的版本，是1966年从一个印第安纳州的学生处搜集而来的，是他妈妈“讲述的真实事件”。与饥寒交迫的英国游客在西班牙小镇停车找咖啡馆不同，这个故事中的美国人更像是一个不折不扣的游客，他停车是为了“在一个小巧别致的餐馆里，吃上最后一顿欧洲大餐”。丢失奶奶给这个家庭带来的打击，颇有些滑稽的意味：

从前有这么一家，盼着出国旅游好多年了，终于等来了机会。他们收拾好行李，装到汽车上，准备到欧洲好好观光一番。

他们的车不大，夫妇俩，两个孩子，加上奶奶，一家五口坐在里面有些拥挤。对老奶奶来说，到欧洲旅行一趟可真够受的，因为她的身体不太好，这也是这家人急着进行这次旅游的一个原因，想趁着她在世，让她好好看看欧洲的景观。

但是，有天早晨他们起床后，发现奶奶已经在夜里去世了。

他们不知所措，因为这里离家有3000英里，远隔重洋。他们是老人仅有的亲人，又不能把尸体托运回美国，因为无人接收。他们无计可施，只好把奶奶用帆布包裹好，绑在车顶，踏上归程。这样一来，车里面倒是宽敞了不少。

离开他们住的村子前，他们决定停下车，在一个小巧别致的餐馆里，吃上最后一顿欧洲大餐。

结果呢，就在他们在里面吃饭的时候，小偷把车给开跑了，奶奶的遗体还在车顶上。

这家人发现后，倒也没觉得有什么大不了的，就是很好奇：小偷们打开帆布包后，脸上会出现怎样的表情。

英国民俗学家斯图尔特·桑德森（Stewart Sanderson）发现，在英国的"汽车系列故事"里，就流行程度而言，"丢失的奶奶"仅次于"消失的搭车客"。他一直在搜集这类传说，追根溯源，发现了比美国最早的版本还要早20多年的版本。桑德森写道：

我是1960年第一次在利兹市听到这个传说的，讲述者是同事的妻子，她说这事发生在布鲁塞尔的朋友的朋友身上，在1940年德国入侵期间，他们从法国北部逃到那里。

过了几个星期，对这个故事信以为真的我，在爱丁堡跟我的一位同行重述了这个故事，他也认识我那位同事的妻子。出乎意料的是，他最近从剑桥的朋友那里也听说了类似的故事，不同的是地点改在了战后的西班牙，遇到的是怎样焚化遗体的难题……其他的版本还包括在山上断了拖挂的野营车，以及小偷从假日旅行巴士的行李舱内偷了遗体等情节元素。

1965年，我在尼日利亚的恩苏卡大学搜集到一个版本：一个老妇的遗体在被运回乌鸦河畔故乡村庄埋葬的途中，从巴士顶上滚落到灌木丛里不见了。

看来，欧洲的版本可以归结为两个不同的亚类型：其一，故事发生在战争期间逃离纳粹越过国境线的途中；其二，发生在战后在国外度假的途中。印第安纳州的民俗学家戴琳达从欧洲和美国搜集了100多个“丢失的奶奶”及其相关的传说，她认为这些传说是在“二战”期间或者“二战”刚结束的时期演化成形的。在18、19世纪的欧洲，流传着窃贼误偷了遗体，最后被赃物吓得魂飞魄散的故事，“丢失的奶奶”大概就是从这类故事演化而来。戴琳达推测，战时的版本可能遗漏了最后一个情节，而把故事高潮转到了冒险越过国境线上。在其后的年月里，特别是在美国的传说中，故事的焦点又转而强调在国外度假时面临处置遗体之困境。戴琳达认为，这个传说的内在寓意，是源自“对死者归来的恐惧”和“死者应该有一个体面的葬礼”一类的观念。除了美国和英国，戴琳达在挪威、瑞典、丹麦、德国、瑞士、意大利、波兰、匈牙利和南斯拉夫等国，都发现了口头和书面的此类传说。戴琳达比较研究的成果，可以使我们清楚地了解这一传说的历史和发展。

与戴琳达相比，民俗学家查尔斯·克莱·多伊尔（Charles Clay Doyle）更倾向于把“丢失的奶奶”与更早的叙事故事联系起来。他指出，在文艺复兴时期，有一个故事在欧洲广为流传：一个意大利的犹太人想偷偷地把死去的犹太人朋友非法送回威尼斯，于是把死者碎尸，用香料和蜂蜜浸渍，装到坛子里。在搭船回家时，被一个粗心大意的佛罗伦萨窃贼偷走并吃了下去。多伊尔指出，这一误食的情节也与“包裹中的死猫”传说有关（有的版本中猫肉被误食）。啃咬遗体的情节，自然也可以在诸如“室友之死”之类的恐怖故事中见到。如果这些故事情节都有内在的关联，那么有可能这个失去亲人的家庭，不但准备抛弃奶奶，甚至还听任她被人吞食，或者至少暗暗以这种想法为乐。

我搜集的两个版本中的细节，或许可以给多伊尔的结论提供支持。其一，多伊尔搜集的文艺复兴时期的故事，与1906年版本中的“包裹中的死猫”（即“火腿猫”）在某一方面甚为相似，那个故事中也提到了渡船；其二，我也听到过有关“死去的奶奶”的故事，她的遗体火化后，被邮寄回家。收到包裹的亲戚们后来回信说：“谢谢你寄来的上好的咖喱粉，现在我们做什么菜都放它。”

不管美国的传说版本是不是从战后欧洲的传说演变而来，它还是独具特色的。例如，戴琳达在印第安纳州搜集的18个版本中，有10个与前面讲过的第一个版本（全家去墨西哥旅行，奶奶死于途中）同属一大类。第二大类（有5个版本）里，旅行的地点是在西部的沙漠里，显然是受了约翰·斯坦贝克（John Steinbeck）的小说《愤怒的葡萄》中一个情节的影响：祖母乔德的遗体被裹在毯子里放在卡车后面，以此通过了加利福尼亚的农业检查站（当然，斯坦贝克也可能是有意识地借用了民间传说的情节）。下面这个沙漠类的传说，是印第安纳州盖瑞市的一位妇女讲述给一个大学生的。她对这个故事深信不疑，在最初听到这个故事时“差点儿昏了过去”：

> **这事发生在她朋友的家里（我不知道他们的姓名），当时他们正在旅行，穿越沙漠去加利福尼亚。车里面有一对夫妇、他们的孩子，还有大家都称呼为“老奶奶”的岳母。半路上，老奶奶病死了。夫妇俩不想惊动孩子们，但又不能扔下老奶奶不管，为了不让异味扰人，只好把她用油布**

裹好，绑在车顶的行李堆中。

他们在沙漠里一路找寻，看看哪里有城镇可以存放老奶奶。最后他们到达亚利桑那州的一个小镇，把车停在一个加油站前，进到里面通报老奶奶的死讯。

他们出来后，发现汽车和老奶奶都不见了，有人把车偷走了！

这事听起来有趣，但对当事人来说可不是这样，因为这对夫妇现在必须等待7年才可以证明老奶奶确实过世了，才能得到保险金。他们再也没法找到那辆车和老奶奶了。

这件事情确确实实发生过。

在第三类美国的（也许只是中西部的）传说中，当老奶奶死去时，一家人正在密歇根州的北部半岛度假。在戴琳达搜集到的一个版本里，被偷走的汽车几个星期之后又找到了，但是奶奶的遗体却不见了踪影。

在美国版本中，那种草率、无情地对待死去老者的态度，会让人们惊讶不已。通常，在传说开头，会提到一家人挤在汽车里的状况。后来，家人毫不犹豫地决定把遗体绑在车顶，以腾出车内空间。此外，也常常提到验证遗嘱和证实死亡的实际困难。但是，窃贼偷走的汽车、行李等物品，却不再提及，看来这是这家人如此处置死者所应该付出的代价。

邓迪斯对此传说的各种版本进行了分析，认为它们所传达出来的中心信息，是当代青壮年主导的社会对老年人的排斥。他指出，当老奶奶死了以后，“车里面的空间倒是宽敞了不少”——老人终于不碍手碍脚了，这真是点睛之笔。奶奶不管是活着还是死了，都是一个累赘，她的尸身自然令人不快，必须使之远离孩子，而且是无名无姓的第三方（窃贼），像殡葬工一样打理了她的尸身。最后，邓迪斯将传说结尾的细节解释为，它表明美国人对自己年老亲人的主要兴趣，是觊觎他们的财产。报纸上连篇累牍的有关美国老年人的报道，为邓迪斯对美国人这种价值观的批评提供了确凿的证据。对于这种价值观，我们可以参看剧作家爱德华·阿尔比（Edward Albee）的最引人注目的两出戏剧《沙箱》和《美国梦》。

“丢失的奶奶”是在当今美国以诸多版本广为流传的、演变成形的当代传说，各地的版本都带有地方色彩，都被当成是“真事”来讲述。欧洲战时和战后的亚类型有了当下的新版本。以下这个传说，是我的学生安·克莱格1969年从一个亚利桑那州图森市的男子处听来的，据说是讲述者的朋友所亲历，这个朋友是“图森市的一个成功商人”。传说里通常身份不明的小偷，这次被点明是土生土长的美国人眼中的“外人”：

> 一位商人与妻子和奶奶一起到墨西哥旅游。奶奶一直盼着去墨西哥，她岁数已经很大了，他们知道，这也许是她最后的机会了。
>
> 在荒僻的山区，奶奶心脏病突发，去世了。因为天气炎热，加上奶奶死时排便，气味很难闻（学生评论说，一个人要是突犯心脏病，这不足为奇）。
>
> 他们把盖行李的帆布取下，把奶奶包裹好，放在车顶。他们驱车来到一个有电话的小镇，镇子里住的大都是印第安人。他们费了不少时间才与亚利桑那州的亲属们取得联系。
>
> 等他们出来的时候，发现车和奶奶的尸身都被偷走了！
>
> 想想吧，当那些迷信的印第安人发现偷了一具尸体时，该吓成什么样子！

是啊，这就是迷信的野蛮人对尸体的反应，至少在美国民众的老一套观念里是如此。可是，他们为什么要偷车？又怎么把车藏起来？这个故事无非是说，只有真正的美国人才懂得怎样理性而体面地对待死亡。

第二个犹他州的“丢失的奶奶”的版本表明，传说的早期形式依然流行。1979年，我在书桌上发现了我的助手莎伦·德克尔·普拉特（Sharon Decker Pratt）留给我的纸条，她经常听我谈论这个故事和其他的都市传说：

> 昨天，在一个晚宴上，朋友告诉我，他们在周五的晚宴上碰到了一个早先来自拉脱维亚的迷人女子，她这个星期和朋友住在“雪鸟”滑雪场（晚宴的女主人也来自拉脱维亚）。
> 她俩谈论着各自在各个历史时期的经历，那些恐怖的事件、反抗运动，还有一些更有趣的事情。
> 这个女人50岁开外，现在在波士顿当医生，好像是牙医，是个值得信赖的人。她谈及在40年代，她们家正准备越过国境时，奶奶去世了。因为冬天天气寒冷，奶奶的遗体被冻硬了。他们不想把奶奶留在拉脱维亚，宁愿把她葬在别处，于是就把她包裹成一个长条形的行李，和其他的东西一起带出拉脱维亚。
> “好啦，你猜中了，在火车站，有人把奶奶偷走了。”

这本来是个好故事，不料星期一，普拉特女士打电话给我，说她和那位拉脱维亚女人谈过了，其实那不是她本人的经历，是另一位拉脱维亚朋友的奶奶的遗体被人在车站偷走了。

第六章

令人难堪的裸体

我们已经看到，许多都市传说都有相同的基本特征，比如经典的幽灵或者恐怖传说，其相似之处是：幽灵、潜在的威胁、袭击和谋杀、污染物以及死者。但是，还有另外一些传说是一点儿也不可怕的，例如在闹剧或者当代的情景喜剧中，对主人公的最大威胁充其量不过是对其不怀好意的企图加以嘲笑，或者是让其赤身裸体、丢人现眼。

大多数都市传说中或多或少都有冒险偷情的迹象，有时候其故事情节干脆就是偷情而且被当场捉住——至少是在即将行动的时候被捉住。这些传说的情节是如此真实，其人物也是如此普通，因此似乎可以说，像这样噩梦般的冒险经历不仅完全可能发生，而且有可能发生在任何人身上。

我刚开始研究民间传说时，就曾被一个此类的故事所蒙骗。

“结实的水泥凯迪拉克”

1961年初夏的一天，我刚获民俗学博士学位不久，和家人朋友一起懒洋洋地躺在密歇根湖的沙滩上，憧憬着秋季即将在爱达荷大学开始的执教生涯。这时，我父母在密歇根南港的邻居开始给我们讲一件趣事，她说这是附近镇上一位水泥卡车司机的亲身经历，这位司机在克拉玛祖的一家公司干活儿，卖搅拌好的现成水泥。

当时他好像正在运一车水泥，目的地是他自己家所在的街区，因此他决定稍稍绕道，回去和妻子打声招呼（或者可能是要回家取东西）。来到家门口时，他看到门前有一辆崭新的凯迪拉克，因此他把水泥车停好之后便绕到家后面想看个究竟。厨房里传来说话声，透过窗户他看到妻子正和一位穿着讲究的陌生人讲话。此时他二话不说，既不进一步了解情况，也不让里边的人知道，就把凯迪拉克的一边窗户弄下来，然后把卡车里的水泥全倒入轿车里，整个凯迪拉克都被灌得满满的。可是等到他晚上下班回家时，妻子泪流满面地告诉他，那辆新车（现在是结实的水泥块）是给他买的，花的是他辛辛苦苦挣来的钱。而那个陌生人则是当地凯迪拉克的经销商，他那时刚把车送来，在向自己交代有关的手续和文件。

我把这个故事记在脑子里，因为尽管其中有一些确定的细节（比如：报警、打捞公司把车拉走、水泥的重量有实际数字、对车况有描述，还有水泥公司的名字以及记忆中可能有过的相关新闻报道等），但是它包含了一些都市传说的其他特性——我对这些传说已经有过研究。虽然我不愿意马上说出这“只是个传说”，但是对此故事确实有些怀疑：当一辆轰隆作响的水泥搅拌卡车停在房子外面时，屋里正在悄悄说话的两个人怎么可能不知道呢？更何况还往轿车里卸水泥。还有一点很奇怪，竟然没有人把此新闻报道从报上剪下来，张贴在当地的水泥公司办公室里，警示他们自己的司机。

那年夏天的晚些时候，我在爱达荷州的莫斯科收到了《俄勒冈民俗报》第1期第1号，看到了如下的消息，作者同时还号召大家寄来更多的故事版本：

> **现在美国各地正在流传一个有趣的故事，听起来就像是上周刚刚在报上登载过似的，是关于一个水泥卡车司机的。一天上午他在运货途中想把车停在家门口喝杯咖啡休息一会儿，但是当他沿路开过来时，发现自家门前停着一辆豪华轿车，接着……**

该故事中值得注意的不同之处在于：司机发现“妻子和一个陌生男人关系暧昧，而自己有点儿来迟了，阻止不了”。因此，故事的语气并非仅仅是讽刺，而是隐含着对妻子行为的批评，在一定程度上是对她的惩罚。

在接下来的两期《俄勒冈民俗报》上，编辑巴尔·托尔肯（Barre Toelken）报告了他关于此传说的研究成果。他在1961年秋天提到“全国各地寄来了极其多的版本”，在《俄勒冈民俗报》第

3期（1962年冬天）又对当时已经搜集存档的43个版本做了总结。这些故事中的绝大部分来自西北各州，不过也有来自犹他州、伊利诺伊州和马萨诸塞州的版本，以及我的这个来自密歇根州的版本。大多数版本都包含了关于两辆车或者新闻报道的细节，但是没有任何可考的证据。虽然故事中有某些细节不同——比如车子的牌子以及型号，但只有两个版本的情节有较大差异：在犹他州，轿车的车主是卡车司机公司的老板，他到卡车司机的家里来，是要安排一个惊喜派对，以表彰卡车司机对公司的忠诚效劳；而在马萨诸塞州，据说轿车是妻子刚刚抽奖得来的。

另一位住在爱达荷的民俗学家、来自卡尔德威尔市爱达荷大学的路易·W.阿特贝里（Louie W. Attebery）成功地找到了一个附有证明文件的“原版”故事。1970年他发表了自己的研究成果，内容如下：

> **差不多每一位民俗学家，都听说过有关一个水泥卡车司机把车里的水泥倒进一辆无人轿车里的传说。当我第一次听到大家在谈论此事时，我就一直在等待插话的机会（我当时在这一行里是新手，没有什么发言权），我要指出的是，这是一个连接历史和民间传说的例证，因为我知道在丹佛有个关于卡车司机把水泥倒进一辆轿车的故事，那时候我住在丹佛。**

阿特贝里在丹佛《邮报》的资料室里搜查了一番，找到了分别发表于1960年8月5、6、7日的三个新闻报道，报道讲述的是丹佛“科罗拉多州水泥公司”的卡车司机罗伯特·波特“把5吨搅拌好的水泥倒进一个朋友的轿车里”，原因是他在送货时被迫等了1小时。

他的朋友约瑟夫·尼尔森的那辆车是1946年产的老款车，据《邮报》报道，当水泥倒进车里时，“车轮飞掉了，弹簧断掉了，整个车架都被压扁了”。尽管故事中的一些细节使得整个事件大有变相广告的嫌疑，比如轿车生产年份之早及其价值相对较低，还有水泥公司所得到的宣传（实际上取代了轿车和水泥本身），但是据阿特贝里说，那辆轿车“就停在丹佛主干道的显眼位置上，为水泥公司做着广告”。不过此“结实的水泥老款车”的故事最终还是被证明并非这个都市传说的最初版本，因为一个更早的版本被发现了。

为了回应阿特贝里对于此传说有关资料的请求，得克萨斯大学的阿梅里科·帕拉迪斯（Americo Paredes）教授指出，得克萨斯民俗学会于1960年4月15—16日在圣安东尼举行年会——比丹佛事件仅仅早了4个月——“当一篇论文被宣读之后有一段讨论的时间，当时便有人讲述了关于卸水泥事件的故事。”与此同时，丹佛的故事已经传到了得克萨斯州，因此帕拉迪斯才得以给阿特贝里寄去有关丹佛事件的美联社新闻报道以及传真照片（瓦司堡《星报》，1960年8月6日），在此故事中水泥的重量已上升到6吨。因此，可以说口头传播和新闻媒体都为这个传说的发展出了力，两者都在基本情节结构中详细讲述了细节。

大概是因为关于“结实的水泥凯迪拉克”的说法都大同小异，而要寻找早年的报刊资料或者警察局记录又需要大量的时间和精力，所以美国民俗学家没有更进一步关注此事，只是继续把学生或熟人所讲的版本记录下来。这个传说和“死亡之车”一样周而复始地流行着，其大部分的版本都会涉及一个当地汽车经销商、一家水泥公司或者汽车修理厂，但是从来没有人能确定这个传说的真正源头。显然，这个故事在美国之继续流行，是因为其结局令人满意——它讲述的是一个曾经不忠的或者被无端怀疑不忠的配偶最终罪有应得的故事。不过，这个故事也包含了一种警告——复仇者在采取激烈行动之前一定要证据确凿。所以，那位卡车司机在故事开头看起来像个果敢的英雄，实际上却是一个冲动的傻瓜，他的愚蠢行为源自他那完全错误的假设。此传说另外一个可能吸引人的因素是，它展示了蓝领工人对富人及其豪车的报复行为。

挪威民俗学家雷蒙德·科维德兰德（Reimund Kvideland）研究了欧洲报纸对水泥轿车故事的报道，他的研究充分显示了传奇故事在被流传和以讹传讹的过程中，报界所起的重要作用。从1973年春天开始，这个故事在欧洲的报上出现，他找到的第一则报道出现在挪威卑尔根市的《卑尔根日报》上（1973年3月6日），内容如下：

对一个情人的狠心报复

一位卑尔根市民有一份兼职，他每周都需花好几天时间开车送搅拌好的水泥，前几天他经过自己的住所时，看见一个朋友的敞篷车停在那里。他把水泥车停在一边，走进公寓楼里打算打声招呼。可是卧室里传来的声音使他意识到，此人来找的是他的妻子而不是他。于是他悄悄地离开，没有惊动卧室里的那对情人。走出公寓楼之后他来到朋友的车旁，把车盖打开，然后把水泥车倒到轿车边上，按下卸货的按钮，把大约2立方米的水泥倒进了敞篷车里。当那位情人出门要开车时，水泥已经完全干了。

当晚轿车被拖车拖走。这个事件尚未向警察报告。

尽管有关这个故事的报道很简要，但还是包含了几个令人熟悉的细节——房子里传来的声音、水泥的具体数量、拖车以及警察。它属于此类故事中妻子是真的有罪的亚类型（实际上所有的欧洲版本都坚持认为妻子有罪，没有出现过轿车其实是属于卡车司机的结局）。

科维德兰德报告，在这篇报道出现之后，许多挪威报社都接到了来自新闻局通讯社或者记者的这个故事，于是各个不尽相同的版本被发表了。例如，其全国性报纸《挪威每日新闻》刊登的是一个非常详细的故事，其中的司机26岁，轿车是1966年产的大众，那对情人被渲染成“一丝不挂地躺在双人床上”。那辆结实的水泥大众车重达2.6吨，需要几辆拖车才能把它拖走。而据《挪威每日新闻》报道，那个情人在咨询了保险公司之后决定请求警方调查此事。

随后的几天中，在哥本哈根、斯德哥尔摩、伦敦的几家报纸，以及3月12日肯尼亚内罗毕的《民族日报》等，都相继刊登了主题为“水泥报复”的故事，其内容基本相同。与此同时，卑尔根那家报社在当地的竞争对手已经对原版本的真实性产生了怀疑。

《卑尔根日报》被迫承认，那个故事其实只是一个“国际新闻工作者的玩笑”。通过一篇配有卡通画的文章——图中画着水泥正从车顶上被倒入敞篷车里的情景，编辑们搜索故事的来源，结果发现它“很可能是从德国或者丹麦”传到卑尔根，再传到“半个世界”的。该报道的底稿来自一位水泥卡车司机，他没有向记者说清楚，他所讲的事件并不是最近发生的事，而是他在3年前听到的故事。该报所犯的错误没有马上被人们遗忘，因为在科维德兰德的研究成果中有一张照片，是一辆灌满水泥的大众甲壳虫车，当时该车正参加1973年5月17日（挪威的独立日）卑尔根的游行。

科维德兰德于是得出结论，假如该传说在美国出现得更早（显然挪威的记者们并不知情），那么它的源头当然是在美国。至于故事中出现的车，在美国是凯迪拉克或其他昂贵的大一些的车，而在挪威则是小型的大众甲壳虫敞篷车，这样的差异正是对不同生活方式和经济条件的恰到好处的注解，而且它还排除了欧洲版本中关于报复富人的可能性。

“旅居车里的裸男”

加拿大皇家骑警在公路上发现一个只穿着内裤的男人，这个美国游客向警察解释说其实事情很简单。故事如下：

> **他妻子开车时他正在旅居车后面休息。这时妻子停车给一群熊让路，而他则下车来看个究竟。**
>
> **结果妻子把车开走了。**
>
> **警察开车走了70英里路才赶上他的妻子，使他们夫妻得以团聚。**

美联社新闻电讯搜集了这个有趣的小故事，并注明其发生在1962年8月3日萨斯喀彻温省的艾伯特王子城，许多报纸毫不迟疑地就把这个故事登了出来。比如《盐湖城论坛报》便在第二天刊登了它，题为“裸男和狗熊”，故事的最后一句中则用“overhauling”这个词表示“赶上”，更带有明显的加拿大地方色彩。

这个传说的题目可能应该叫“从旅居车里掉下来的裸男”，或者“被抛弃的衣不遮体之人”。这个裸男——总是男的——在行驶中的野营车或旅居车里脱光衣服小睡，发现自己突然间被抛出去了——就像一位民俗学家所描绘的“被抛在快乐之都的街道上”。

“旅居车里的裸男”与其他传说一样有几个共同的主题。它和“丢失的奶奶”一样表明美国游客常常在出国时或旅途中遭遇各种不便。它和“结实的水泥凯迪拉克”一样有警察介入其中以证实故事的可信性。当然它也和许多当代传说一样，以汽车串起主要情节。鉴于这些传统因素的存在，结论在意料之中，即尽管也刊登在报纸上，但是这个故事并非真人实事。

我们总是能在几百英里之外找到一个更早的版本，这是新闻报道司空见惯的情形。用缅因州方言讲故事的《我和伯特》（罗伯特·布莱恩［Robert Bryan］和马歇尔·道奇［Marshall Dodge］）故事集中便收录了一个相似的故事，其发生时间要比前面的这个早一年，即在1961年。他俩讲述了哈里·惠特菲尔德如何在缅因州威斯卡斯特受惊的经历。当哈里的妻子玛格丽特正开着他们的野营卡车时，哈里在车里刚把睡衣穿上，这时候车子猛然刹车，把他甩出车外落到街上。他赶快躲到电话亭里，却忘了电话亭的四周都是玻璃，而且门关上以后里面的灯就自动亮了。穿着条纹睡衣的他被误以为是逃犯。当所有的事情都被澄清之后，哈里叮嘱他妻子：“玛格丽特，下一回可要慢慢开。”根据该故事的注解，这是从一件真人真事中得来的灵感，此人从野营车上被甩到威斯卡斯特的大街上时确实只穿着睡衣。

缅因大学的爱德华·D. 艾威斯（Edward D. Ives）教授曾对我说，在缅因州确实有这么一个流行的口头传说，虽然差不多每一个听说的人都被告知这是真实的故事，但是这当然不是“真的”。他写道：

我听过这个故事的许多版本……几乎每年都有一个新版本。据我所知，其经典的版本发生在一个旅居车里而不是野营车上。此人当时累坏了，想回旅居车里躺下（车在行驶中这样做是违规的）。他于是告诉妻子，如果有警察查看，什么也别说，或者干脆说她独自一人，后面的旅居车里没有人。

据艾威斯说，在缅因州，这个传说的口头版本的结局都很平常，没什么特别的。

有些民俗学家却发现，此传说在其他好几个州都被当成真实事件报道了。在马里兰州，它发生在一个“不知名的十字街头”；在中西部，故事的主角是一个来自巴西镇（印第安纳州的一个镇）的牙医，他刚刚在西部进行了一次又长又累的野营活动后返回，事情发生在离他家只有几英里的地方。印第安纳州立大学的罗纳德·L. 贝克（Ronald L. Baker）教授以及特尔·豪特（Terre Haute）于1967年搜集到了来自学生的一个非常详细的口头版本，内容如下：

一次度假

几年前这个住在巴西镇的牙医就想和妻子去度一次假了。两个人工作都很辛苦，因此需要一个假期来放松。他觉得到西部去旅行一趟也许不错，于是便买了一辆崭新的旅居车和一辆新车配套。这种旅居车并非通常的那种向外折叠的松木结构，而是一个很大的、布置得很好的房车。

于是他们便去了科罗拉多州，在那里待了两个星期，玩得很尽兴。唯一遗憾的是，一路上都是丈夫开车，所以他很累。他觉得妻子的驾驶技术还不够好，不能在陌生的地方开车，特别是还要使用他刚配好的这套全新设备。一路上他一直很小心，所以一切都很顺利。

接下来他们马不停蹄，一口气来到伊利诺伊州的马歇尔才停下来吃饭。这时候驾驶了一路的丈夫已经筋疲力尽了。再者前面提过，丈夫一直很小心，没有因超速被罚过。总之在马歇尔吃完饭之后，丈夫决定剩下的路程由妻子来开车，因为他自己已经累得睁不开眼睛了。这时候离家只有35英里了，这段路妻子也比较熟悉，他认为让妻子开车不会有问题。于是他爬进旅居车躺下来，然后把衣服都脱了，只剩下短裤，接着便睡着了。

当妻子开车来到巴西镇境内之后，需要停下来等红绿灯信号。这时候她丈夫感到车停下来了，便打开旅居车的后门看看到哪里了。可是正当他打开门时，绿灯亮了，妻子松开刹车起步。这时候旅居车颠了一下，那个男人掉了下来。他就这样只穿着短裤掉在了十字街头。此时他只好赶快跑进附近的克拉克加油站。但是，他的妻子根本就不知道他从车上掉了下来，所以继续开着车。丈夫只好请加油站的员工用卡车把他送回家。路上他们赶上了妻子的车，但是她还是没有注意到他们。丈夫指导那个司机抄近路，因此比妻子早到家，此时妻子依然不知情。卡车司机让他下车之后便走了，可是丈夫身上没有带钥匙，只好从车库里搬出一把椅子坐了下来。他们住在郊区，因此即便是只穿着短裤也不需要太过担心，他于是坐在自家的车道上打起了盹儿。此时妻子的车到了，顺利地沿着车道开了进来。可是当她走到一半时，万万没有想到眼前的车道上坐着她的

丈夫。这一幕把她吓得灵魂出窍，以至于错把油门当成刹车而一脚踩上去，结果，整个车库都被铲平了。

这个版本的结尾更加详尽，而不仅仅是让丈夫困在难堪的局面中，因此这个版本近来更受喜爱。我听到的从纽约和新泽西传来的口头传说都是这样的，此故事甚至出现在丹（Dan）和伊内兹·莫里斯（Inez Morris）所著的《周末野营者》一书的前言里——这是一本关于野营的书，于1973年出版。这个故事有3页之长，并被冠以“真实故事”之名。为了保护“那对可怜的夫妇”，作者把故事中所谓的当事人的名字改了。他们所乘的车是一辆敞篷小野营货车，途经加拿大、美国和墨西哥（让人想起“丢失的奶奶”的故事），而妻子把车停下来是为了弄清楚该走哪条支路。结局是，丈夫穿着内裤在草地上浇水，希望自己看上去像是在一边浇水一边冲澡的样子——这时候妻子回来了，由于受惊过度，她把车库的后墙都撞倒了。书的作者由此提出一个包括三个方面的基本原理来作为本书的开头，从故事中得出的教训是：“旅居车的两边一定要装上后视镜，并时常看看——既要知道前面的状况也要了解后面的情形。”

“火车车厢里的裸男”

“旅居车里的裸男”直到20世纪60年代初期才开始在美国流行，此时私家度假野营车和旅居车已经相当普及了，而在至少20年以前美国就已出现过一个家喻户晓的传说，它显然是其原型。民俗学家威兰德·D.汉德（Wayland D. Hand）于1971年发表了这个更早的版本：

> **一个纽约商人有一次开完会后从外地乘坐纽约中央火车连夜赶回家。他由于疲劳过度而睡不着觉，于是大约在10—11点之间来到餐车想喝点儿东西，此时他只穿着浴衣和拖鞋。一个颇有姿色的单身女人也在那里，不久他们就聊了起来。喝了几杯之后，商人便起身要回车厢，因为第二天他还要在纽约出席一个大会；而女子却提出要他到她的车厢来做个伴儿。虽然觉得有点儿不妥，但他还是同意了……第二天早晨当他醒来时发现自己已到了布法罗的火车站，身上的钱包已经没影了。那个女的大概是个老手了，已骗过许多这样的乘客。**

他的妻儿去车站接他。因为没有看到他，孩子们不停地问："爸爸在哪里？"妻子就问车上的搬运工乔治。他回答说："夫人，他肯定没有走远，因为他的衣服还在车上呢。"

一两天之后，在"旅行者之家"的帮助下，他回到了纽约。他怯怯地供认了与那个女人的不轨行为，而那个女人可把他害苦了，使他困在一个陌生的城市里，身上既没有钱，也没穿衣服。

许多铁路工作人员，如卖票员、行李管理员、火车司机等都对汉德说，他们听过这个传说的很多不同版本，其中还有几个说到，乘客在一夜情后留下的鞋子被管理员捡到之后拿走了。大家可能会想到，火车旅行在第二次世界大战之后就逐渐式微了，因此故事的要素——陷入困境、衣不遮体的男性乘客——转移到了其他交通工具上；而如果有一天能源的压力迫使大量美国人又回到乘火车的老路上，那么"火车车厢里的裸男"很可能取代"旅居车上的裸男"而再度流行。

尴尬的场面

因赤身裸体而被弄得狼狈不堪实在是个很好的笑话，也是个再普通不过的噩梦了，因此它在当代故事传说中才成为不断出现的主题。例如，1960年在布达佩斯，戴琳达听到了如下的传言，似乎和“旅居车里的裸男”有些联系：有一天晚上，一个住在高层公寓的单身汉刚刚把浴室里的水龙头打开并脱下衣服，便听到报纸已送到门口了。他没有穿衣服就走出去取报纸，此时一阵风把门关上并锁住了，他站在外面一筹莫展。戴琳达怀疑这仅仅是一个文学作品的故事情节进入了口头流传，并且追踪到了它的源头，即1928年出版的俄国讽刺作家伊里夫（Il'ia Il'f）和彼特罗夫（Evgenii Petrov）等所著的小说《12把椅子》。我在美国听过类似的故事，只是这个故事好像是受到1970年梅尔·布鲁克斯（Mel Brooks）导演的影片的启发而来的（此影片是根据那部小说改编而来）。

和裸体主题有关的另一个故事是“溶化的泳衣”。我看过的最近的一个版本出现在1979年的《曼彻斯特卫报》。据该报报道，在法国南部的一位美国作家写了一个故事并将其传给该报社，讲述了一个富翁家聚会的情景：“来宾和往常一样是来自各国的人，但结局颇为特别。在深夜，来宾们都被赠予包装好的泳衣到水里玩耍，但是用特殊材料制造的泳衣一碰到海水便溶化了。”不管这个故事是谁创作的，它已被流传很久了，其结局要么是泳衣全裂开了，要么是一到海水里就变成透明的了（理由是泳衣只在陆地上被测试，因此在用料方面的缺陷没有被发现）。

在有些关于年轻小伙子的故事中，虽然年轻人没有赤身裸体，但是衣服上的问题使他尴尬不已。因为此时他在一个晚宴上，坐下之后发现裤子上的拉链没拉好，而晚宴的主持往往是他未来的岳父和岳母（比如本章下面将要讲的“惊喜聚会中的裸体主人”），并且未婚妻还在一旁轻声提醒着。在“没拉好的裤子拉链”一类的亚类型A中，年轻人为了分散客人的注意力而指着窗外说——“嘿，大家看哪！”但是结果却使他更加尴尬，因为这时候正好有两只狗在门前的草地上交配。在亚类型B中，他在起身之前偷偷地把拉链拉好，只是把桌布也缠到拉链里了，因此当他起身离开时，桌上的餐具全被拖到了地上。有趣的是，据说许许多多刚刚订婚的年轻人都发生过此类事件并因此蒙羞。毫无疑问，发生这样的事情是因为它似乎有道理而且有可能——裤子的拉链可能没拉好或者根本没拉上，但是，不会总是在赴宴的时候。

最近有一个关于裸体引发尴尬的故事值得特别注意，因为其受害者是一位女性。

1975年年底，一个记者问劝导专栏作家安·兰德斯（Ann Landers），在20年间里哪一封来信引起了读者最强烈的反响，安回答说它来自一个家庭主妇，她喜欢在做家务时一丝不挂。有几千个人对这封信做出回应，这些人中大部分都是妇女，她们供认自己有同样的嗜好，其中有一封信内容如下：

有一则新闻（未证实）报道：一个俄亥俄妇女在地下室里洗衣服的时候突然心血来潮，决定把身上的便装脱下来扔进洗衣机里，因为那身衣服被弄脏了。

由于她还戴着卷发筒，而头顶上的管子又在滴水，她于是找来儿子的橄榄球头盔戴在头上。正当她赤身裸体地（除了头上的头盔）站在那里的时候，突然听到一声咳嗽，那个女人转过身去，发现面前站着来查电表的人。他在径直走向门口时只说了一句："夫人，希望你的队能赢球。"

本故事的一些口头版本有一些更好的理由来解释当时的状况：那个女人把身上的衣服脱了下来，是因为洗衣机里的衣物太少了，不够洗一次的量，而那个突然闯进来的人是个管道工，她丈夫叫他来修那些漏水的管子。5年以后，安·兰德斯依然把此事当作她最出名的专栏内容写了下来，不过这个1980年才出版的版本在文字上有几处改动。

尽管这些故事的情节和寓意各不相同，但是有关一个运气欠佳的男人或女人处在赤身裸体的尴尬局面中的故事显然具有经久不衰的魅力。它们和"戈黛娃夫人"（英国古时为促使其丈夫减轻人民赋税曾裸体骑马通过考文垂街道的贵夫人）以及"亚当和夏娃"的故事一样古老。

“惊喜聚会中的裸体主人”

弗洛伊德对于梦的解析，有助于我们理解关于裸体的主题为何魅力无穷。在一个以第一人称讲述的此类传说中，我们仿佛可以听到一个神经官能症患者向心理分析医生讲述的声音，其内容是一个令人期待的聚会变成一场噩梦，情节元素包括一个商人如何对美貌的秘书垂涎三尺，或者是一对坠入爱河的男女。

安·兰德斯在1976年7月28日的专栏里发表了这个广为流传的故事“惊喜聚会中的裸体主人”，多亏一位署名为“安的崇拜者”的读者寄来的报纸《闪光山峰上的守卫》，否则该故事的出处便无法确定：

> 我一大早醒来就觉得有些郁闷，因为那天是我的生日。我想：“又长一岁了。”不过当时也想一定要好好地过这一天。所以我又洗澡又刮胡子，心里想着当自己下楼去吃早餐时，妻子肯定会给我一个深深的吻，并祝我生日快乐。
>
> 我微笑着下楼，妻子正和往常一样坐在那儿读报。她什么也没说，所以我只好倒了一杯咖啡，心想：“她忘了。不

过等一会儿孩子们肯定会欢快地跑进来，对我唱生日歌，并送给我一份漂亮的礼物。”

我坐在那儿，一边享用咖啡，一边等着。孩子们终于叽叽喳喳地跑过来了，却只给了我一片面包！“我要迟到了。大衣在哪儿？我快要搭不上车了。”我向办公室走去，感到更加郁闷。

走进办公室，秘书甜甜一笑：“生日快乐，老板，我给你倒杯咖啡吧。”她倒记得今天的日子，这让我觉得好一些了。

后来我的秘书来敲我的门，说既然今天是我的生日，何不一起吃午饭。想到这样可能会使我感觉好一点儿，所以我欣然同意了。

我们把门锁好，然后我说，既然是我的生日，我们应该和往常不一样，应该开车出城，到郊区去撮一顿。因此我们出了城，到一个较偏僻的地方喝了几杯马爹利，吃了一顿丰盛的午餐，然后就开车回城里了。这时候秘书说：“去我家吧，我再让你喝一杯马爹利。”

这样也好，反正下午也没什么事。所以我们去了她的公寓，喝了马爹利。过了一会儿，她说要换一件舒服些的衣服，就走开了。6分钟之后她打开卧室的门，拿着一个生日大蛋糕，身后跟着我的妻儿，而此时的我坐在那儿，身上全脱光了，只剩下袜子。

这个生动的故事由于情节过于简单而显得非常不可信，除此之外，其中有几个特征表明了其作为当代民间传说的属性。文中的标点符号，尤其是双引号偏离了正常习惯；“所以”一词出现的频率很高；而在开头和结尾分别出现的“妻子坐在那儿”与“我坐在那儿”形成对照，它表明故事在反复传播的过程中被修饰过。实际上这个传说在50多年里不仅以口头形式，也通过书面形式在美国各地流传。

此故事的第一人称版本有时候被加上“第49个生日”的题目，而且几乎都千篇一律地以“身上全脱光了，只剩下袜子”作为结尾，从形式上看，属于典型的当代“复印民间传说”，它通过打印或手抄文件的复印件进行流传。其第三人称版本的开头往往是“一个中等规模的公司老板雇了一位非常漂亮的速记员”，而结尾一般是公司的全体人员都聚集到速记员的卧室里，对着赤身裸体的老板唱起生日歌。这个版本可以简单地叫作“吓你一跳”。至少从20世纪60年代中期开始，以上两个传说便以复印件的形式广为流传，而“吓你一跳”这个版本则在约10年前（1953年）就出现在了一本名为《少年性趣故事》的书中。另一个同样深受喜爱却颇有不同的复印民间传说，讲述的是有关一个爱拈花惹草的商人（在该故事中和女秘书有不正当关系）的故事，在其生日的当天晚上，当他那漂亮的妻子兴致勃勃地出去准备饮料和食物，并穿上性感的内衣之时，他试图用手让自己疲惫的性器官重振雄风。后来，妻子欢呼雀跃地走进来，抖出她的超级惊人之语：“亲爱的，我们正对着镜头录制节目呢！”

肯塔基大学的威廉·休·詹森（William Hugh Jansen）教授出版了“惊喜聚会中的裸体主人”的28个版本。他比较了这些传说后指出，在某些方面这个倒霉的商人是自取其辱，因为他“低估了妻子的记性，高估了女秘书的温柔，也高估了自己的魅力”。因此，詹森最后说，他是个“高级的笨蛋或傻瓜”。在詹森的书中只有一个口头版本涉及办公室雇员之间的假想的暧昧关系——由一个肯塔基人讲述，此人于1962年听说了这个笑话：

故事的背景是办公室，两个主角分别是女秘书和一个新来的男会计。

女秘书年轻貌美，因此男会计一来就想和她约会，但被她拒绝了很多次，而他却越来越坚信一定会赢得她的芳心。

经过长时间的不懈努力，女秘书终于向他示好并邀他去家里吃晚饭。吃饭期间她暗示将有惊喜带给他。

饭后她借故走开，并表示要让他大吃一惊。此时那个男人完全误会了她的意思，以为好事将至，于是把衣服都脱光了。当她在外面问他是否准备好了时，他马上肯定地说："是的。"这时候她把门猛然一推，只见门口站着办公室的全体人员，一起来庆祝他的生日。

此类传说似乎曾在世界各地流传，詹森在纽芬兰的同行给他寄来一个版本，说是自己于20世纪50年代中晚期在威尔士听说的故事，其结局是：他一丝不挂地跳起来把门打开，而此时他的妻儿、秘书以及所有的下属都站在那儿，当中一人举着一个牌子，写着"祝你生日快乐"。

在美国的口头传统中，"惊喜聚会中的裸体主人"一般作为传说流传（表明是"真的"），而不是被当作笑话（表明是"杜撰"的）。其中的角色（以及大部分的讲述者）一般都是年轻人，而背景通常是一对订了婚的新人在庆祝某个纪念日，多半是女方的生日。女方和男方最终都是这个惊人之举的受害者。詹森自己是1935年在马萨诸塞州第一次听说此传说的（讲的却是新泽西的事情）。这个传说的第一个文字版本出自肯塔基州的一位教师，1927年他用当地山区方言记录下了这个故事：一个已婚妇女在生日那天独自在家，因此她想得到一个外乡男子（即一个来自山区外面的旅游者）的陪伴。故事的结局如下：

> 老西伯（丈夫）听说在烦恼河（住处附近的一条小河）附近的古怪女人们爱闹腾，喜欢搞什么吓人的生日聚会，他于是给老婆也弄了这么一个聚会，把她所有的邻居、亲戚及其父母都请来了。正当西丽（妻子）光着身子从厨房走进客厅，那个外乡人跳起来去迎接她时，西伯和客人们闯进客厅，叫喊着："吓你一跳！吓你一跳！"

根据詹森的研究，这个传统故事有一个更典型的版本，是1959年搜集到的一个当代口头传说，发生的时间与前面的故事相差32年，其地点应该是肯塔基州的萨默塞特：

> 出生于富裕家庭的一对年轻人刚刚订了婚。在女孩过生日那天，两个人出去之后很早就回来了。到了女孩的家之后他们发现其父母都不在。于是两个人便决定干点儿"特别的"，当他们把身上的衣服都脱光了时，电话铃响了，她母亲在电话里让女孩马上到地下室去把自动洗衣机关掉，因为自己离开前忘关了。接完电话之后，其中一人觉得如果此时女孩骑在男孩的肩膀上，让男孩把她背下楼的话肯定很有趣。他们说干就干。只是刚刚走到楼下，灯就亮了，一大群亲戚朋友叫喊着："吓你一跳！吓你一跳！"我听说那个女孩当场就吓晕了，被送进医院。而那个男孩从此以后便消失了，杳无音信。

詹森教授的故事主要来自中西部，因为他常常在那一带搜集民间传说，但是实际上此类传说的流传范围要广得多。那个挑事者可以是男的也可以是女的，但是结果往往对女的伤害较严重（她疯了于是被关了起来），而男的所受的伤害要轻一些（他离家出走了）。当他们参与这种吓人一跳的聚会时，男孩也许刚从大学回家，或者从军队服役回家，而在某些版本中，男孩是在被惊吓之后为了逃避而入伍的。总之，故事结局的细节可能有出入，但是比较统一的情节包括一条下降的楼梯（詹森认为这是弗洛伊德式的象征），以及在聚会人群中常常露面的牧师。

这个传说新近的版本，一般都包含那个一人骑在另一人肩膀上的主要情节。这些故事的基本内容都是讲述一对年轻男女一起去做临时保姆，他们遵照指令去干某些家务活儿，比如把洗衣机或者干衣机打开（故事的结果和“一丝不挂的家庭主妇”有些相似），他们通常是想为即将到来的婚姻（而不是生日）庆贺一番，结果却被坏了好事。这个故事的代表性版本是1961年搜集到的：

> **一个刚订婚不久的女孩应邀给小侄儿做临时保姆，她把未婚夫也带来了。其间两个人越来越亲热，后来就干脆把衣服都脱下来，在房间里追逐嬉戏。女孩骑在男孩的肩膀上，任凭那男孩背着她在各个房间里嬉戏。当他们来到通往地下室的门口时，听到有一点儿动静，男孩便开玩笑地说要把她背到住着幽灵的地下室里去。他摸黑背着她下楼梯，来到地下室时灯突然亮了，只见女孩的父母、牧师以及社区里的许多重要人物都从藏身的地方跳出来，大叫“吓你一跳”。原来这是他们特意为这对新人安排的一次惊喜聚会。男孩让女孩从背上下来，然后跑上楼，拿起衣服，从此便消失了。后来听说他当了海军，之后再也没有**

和那个女孩联系过。而女孩却疯了，被送进了疯人院。

在此故事的结局中，包括父母、牧师及“重要人物”在内的一方与充满青春活力的年轻人之间发生了冲突，其中前者是坚持传统价值观的中年人，而后者则是不再接受古老道德观念的年轻一代，这个结局显然象征着两者之间不可调和的矛盾。最奇怪的是，尽管传播这个故事的大部分人都是年轻人，他们理应同情那对新人的，但是从中得出的教训却总是偏向传统道德一方——此类故事中冲突的程度要比老板和秘书那类严重得多。

詹森的故事集中还有两个表达了否定态度的版本：其中一个故事中前半部分的性游戏暗示了后面将发生的事（他们被当场捉住了，活该）；另一个故事中的惊喜聚会实际上是雇用他们的那家人安排的，目的是看他们是否在应付差事（他们当然是的）。詹森认为后面的这个故事是一个“令人恶心的、用意歹毒的小闹剧”，他说得很有道理。

更多的裸体传说

在好几个“惊喜聚会中的裸体主人”的版本中都出现了牧师，这使它们和另一些传统故事又有了联系，在这些情节中，牧师无辜地受到牵连。詹森在1970年听说了这个流传于民间的故事：

> **有一对夫妻都是浸信会的教友，而且在教会里是颇为重要的人物。女的过生日那天，丈夫为她准备了一次惊喜聚会。那天晚上当妻子在楼上洗澡时，丈夫就把牧师及教会里的其他人都领到家里，并在客厅里藏好。这时候妻子洗完澡走下楼，光着身子站在那儿，对丈夫大声喊叫：“快来吧，趁我还没穿衣服！”**

有一个与此内容大致相同的民间传说：丈夫在教堂里帮忙干了一些活儿之后，就和牧师一起到家里吃晚饭，到家之后还请他到楼上洗澡。而这期间妻子一点儿也不知情。她上楼之后听见洗澡的水声，便把手伸进浴帘，去抓洗澡人的下身。她一连抓了好几次，嘴里还说着“叮咚！吃饭铃响了”。可是当碰见丈夫从楼下的卫生间里出来时，她被吓昏了过去。另一个与其相似的传说在犹他州摩门教徒中颇流行：救助社的两位教师（女性）去看望一个摩门教徒，此时这个妇女的丈夫正在洗澡。因为丈夫不知道来客人了，所以只裹着浴巾便走出来了，当他走到客厅走廊时把浴巾也扔掉了，并且大声说："你见过梦游吗？"

以下的传说是一个犹他大学学生在1969年交上来的，从中仍可看出它和以上传说属于同一个类型，只是少了牧师的角色：

> 当一个女人从杂货店回家时，看见丈夫正在汽车下面干活儿。她只能看见他的腿，所以在经过时，她蹲下来把他的裤子拉链给拉开了，自己还咯咯地笑，然后进了家门。当她看见丈夫此时正躺在休闲椅上看报的时候，禁不住大叫："车下面的那个人是谁？"丈夫回答说："是我的机修工。"在她告诉丈夫自己刚才的所作所为之后，两个人一起来到外面，结果却发现机修工躺在血泊里已失去知觉。原来当那个女的把他的裤子拉链拉下来时，他大吃一惊，以至于他的头重重地撞在汽车底盘上。

“黑暗中的屁”

在此类传说中，还有一组传说，其中的主角并非由于身体被暴露而被取笑，而是因为一个“黑暗中的屁”，詹森称之为惊喜聚会传说中的“肠胃胀气型”。简单地说，此传说讲述的是：一个肠胃胀气患者被置于一个黑乎乎的房间里，或者是被蒙上了眼睛，然后他或她错以为房里只有自己一个人，接下来便借放屁来排解身体里的胀气。这个传说和前面的裸体传说一样作为复印民间传说被广为流传，其题目常常是“美味的青豆故事”。在故事中，那个热爱青豆的美食家不慎吃了太多的美味豆子。在卡森·麦卡勒斯（Carson McCullers）所著的《心是孤独的猎手》（1940年）一书中就有一个这样的故事：被蒙上眼睛的主角在房间里放了屁，丝毫不知道房间里挤满了来为他庆祝生日的人。在近来的口头版本中，故事的发生地被移到车上——这个地点深受学生的喜爱，常常出现在流行的都市传说中，下例就出现在1976年的犹他州：

珍妮还在上学，因为相貌平平，所以没有什么男孩约她。有一天，足球队的队长请她去参加一个大型舞会。她欣喜

若狂，赶忙跑回家做好发型，穿上新衣，修剪好指甲，并向父母讨教应该怎么做。可是在准备的过程中，她午饭时吃的红辣椒开始作祟了。在接近晚上7点时（他到达的时间），她的肚子胀得越来越难受。她觉得快要释放出来了，但是还没来得及解决，门铃就响了。她只好把他请进来并介绍给家人，只是这时候她已经很难说出话了，只能喘气，所以她开始思考对策。她的想法是，趁男孩给她开车门并走到另一边的这段时间把屁放了，接着赶快把车窗摇下来，把臭气扇出去，这样就万事大吉了。他给她打开车门，关上，然后走到另一边。这时候她把屁放了出来，其声音如响雷，以至于车窗颤动，连牌照都掉了下来，她接着把窗户摇下来，把臭气扇出去，等他进来时一切都恢复了平静。他微笑着说道："哦，这两位是鲁斯和鲍勃。"这时珍妮才发现他俩正坐在后座上。

这个故事和其他所有的同类传说一样，有着一个噩梦所包含的一切可怕因素，让人久久不能回过神来。更糟的是，这样的错误和误解不仅仅出现在噩梦里，而且常常在日常生活中发生——随时都可能有某个人为我们准备了一个惊喜聚会，而闹肚子的事也不可能永远杜绝。这些故事警告我们不能鲁莽行事，然而如果我们身处其境，我们依然会如此轻易地重蹈覆辙。这些传说和那些显然是捏造出来的关于性和排泄物的笑话有相同之处，即它们在一些意味深长的话题上制造了许多笑料；但是其不同的地方是，这些传说有可能在实际生活中发生，并且被当作真实事件通过口头的方式流传开来。

第七章

购物的噩梦

众所周知，大众传媒对都市传说的流传并非毫无助益，相反，报纸广播在涉及当代传说时——无论是确认之还是揭穿之——实际上大都起到了推波助澜的作用。通常，媒体上的故事会添油加醋、"越描越黑"。民众在给报纸专栏投寄都市传说稿件或参加电台的"脱口秀"节目时，也参与了这一加工过程。

总的来说，民间传说在大众传媒的世界里并未销声匿迹，新闻报道更使一些都市传说广为传播。对这些故事的书面报道越多，口头流传就越多，反之亦然。正如下面两个都市传说所经历的那样，如果你对一个可能发表了的新闻故事在未经证实的情况下口头传述，你自身也就成了民间传说的一个构成因素，类似"我在一份报纸的什么地方读到过它"（报纸通常是实有的）的表述，也同传统民间故事的"从前"、"正是五月好时光"一样成了固定套路的开场白了。

下面两个都市传说很好地展示了口头传统与新闻媒体间的互动关系。它们反映了民众对商业机构的不信任态度。第一个例子中的反角是一家著名的饭店，第二个是当地的百货商场。

“红丝绒蛋糕”

关于餐馆食物的传说倒不像“肯德基油炸鼠”那样令人作呕。在这个故事中，红丝绒蛋糕美味可口，令人垂涎；而供应这种蛋糕的机构却令人反胃。故事通常以第一人称讲述，尽管它同其他都市传说一样不无可疑之处。蛋糕的制作方法通常仅以书面形式出现。下面这个典型的版本搜集于1973年的俄勒冈，讲述者描述了其好友在加利福尼亚的经历：

> **我的朋友，迪恩·布莱尔，有一天早晨在圣何塞上了巴士，不久，一位女士也上了车，开始派发“红丝绒蛋糕”制作方法的卡片。她说她最近去过纽约，在华尔道夫大饭店进餐时吃了这种蛋糕。**
>
> **回到圣何塞后，她写信给饭店，询问发明这种蛋糕的厨师的姓名并索要蛋糕的制作方法。随后她收到了配方，厨师为此开价350美元。她就此事询问律师，律师说因为事先没有询问清楚是否收费，所以还是应该付这笔钱。显然，现在她认为，这样做是报复那个厨师的好办法。**

制作方法：

油糊：0.5加仑起酥油，1.5加仑糖，2个鸡蛋。

将2茶匙可可粉和2盎司红色素混合，加入油糊中。

将1茶匙盐和1茶匙香草精加入1加仑酪乳中（别自己做酪乳），同2.5加仑面粉加入油糊，不断搅拌。加入1.5茶匙苏打和1茶匙醋。不要搅拌。放入9英寸盘中，以350华氏度烤30分钟。

糖霜：5茶匙面粉，1加仑奶，熬至浓稠，反复搅拌。冷却。放入1加仑糖、1加仑黄油、1茶匙香草精，搅拌均匀，看上去像起泡的奶油。

在民间传说中，高价的配方偶尔出现于超级糖果的传说中（“百万美元的奶油软糖”），但“红丝绒蛋糕”中的华尔道夫大饭店是这类传说中更标准的元素。也许这一饭店与食物的组合之所以增加了传说的可信度，是得益于另外两个饭店与食物名称：“停车人之家”（波士顿的一家饭店名）肉卷和华尔道夫沙拉。关于那位女士的家乡、配方的价格、律师劝她付款的理由，流传着许多不同的说法。收到食谱信件并不常见——通常是从厨房里把配方送到餐桌上，但报复的主题则是很典型的。通常，生气的女士为了报复厨师，会把配方夹在圣诞卡中，在她的桥牌俱乐部派发，并附有油印的说明或加以口头解释；或者把配方投寄给报纸发表。实际上，报纸上关于这个故事的报道，是广为流传的“红丝绒蛋糕”事件的最好佐证。

配方来自俄勒冈，这也是相当典型的一点。像“别自己做酪乳”这类告诫和“反复搅拌”等指示，都带有典型的民间风格。在不同的故事版本中，配方的顺序和数量变化甚小，甚至那句特别强调“不要搅拌”的话都重复出现。少量的奶白糖霜通常必不可少，制成后“像起泡的奶油”也是传统的提示。实际上，如果你喜欢红丝绒蛋糕的话，按这个配方做出来的蛋糕还真不错。在上民俗学课时，有些学生说他们的母亲（或者姑姑、奶奶、邻居太太）就是华尔道夫饭店贪婪厨师的头一个受害者，为了让我相信，就真的做了这种蛋糕让我品尝了几回。毫无疑问，这种蛋糕可以如法炮制出来，但绝不是由华尔道夫饭店首创的。

我自己对“红丝绒蛋糕”传说的探究，可以追溯到1961年——爱荷华大学的一位家庭经济学教师，在课堂上发给学生的一张污损油印纸。1965年，一个大学生听说我在研究这个传说，就从大学女生联谊会的一个姐妹处，翻出了夹在课堂笔记里的这张油印纸。家庭经济学教师说，她是从一位朋友处听到这个传说的，而这位朋友是“几年前”在一家饭店听说的，油印纸上记载了这个传说，标题是《红丝绒蛋糕及其故事》。这个版本里的受害者是西雅图的一位妇女，配方索价300美元。传说是这样结尾的：“因为这个配方简直是天价，所以她认为所有的亲朋好友都应该烤制这种红丝绒蛋糕，并品尝它的美味。”这位老师还添加了自己的看法：“2盎司用于红丝绒的颜色和纹理的食用色素是适当的量。”

在（北美洲）西北部，“红丝绒蛋糕”的故事流传得更广——不仅仅局限于爱达荷、华盛顿和俄勒冈，甚至还流传到了加拿大。1962年1月号的加拿大太平洋铁路杂志《扳手》上，登载了“最近流传的”一个英裔哥伦比亚妇人被索要200美元配方费的故事，具体的饭店名称没有指明。华盛顿斯波坎市1962年5月的《发言人评论》在《多萝西家庭主妇服务》栏目中，刊登了一些推荐食谱，其中就有“红丝绒蛋糕”的配方。此处也没有提到饭店的名称，但配方里“不要搅拌”等做法指示仍是传统的。同年的晚些时候，这种蛋糕似乎声名鹊起，12月的《妇女时代》将这种带有薄薄白色糖霜的蛋糕描述为“假日蛋糕”，并介绍了制作原料和方法。这种蛋糕被宣传为圣诞节和新年的上佳食物。

我手头的另外两份剪报资料，表明了这个故事进一步的流变。密西西比州的《杰克逊日报》1963年12月19日刊登了一份标准的红丝绒蛋糕配方，但里面增加了苹果酒醋。配方的提供者声称：“这个红丝绒蛋糕的配方是亚祖城的一个朋友给我的……我知道它最初是来自阿斯托里亚的华尔道夫酒店。”亚利桑那州的《凤凰城报》1964年1月23日刊登了题为《300美元配方大分享》的故事，在这个版本里，天价购买的只是糖霜的配方。文中解释道：

> 标题是恰如其分的，一个不愿透露姓名的凤凰城人告诉我们，这个配方来自一位妇女，她曾给纽约一家著名饭店写信，询问美味蛋糕糖霜的做法。
>
> 饭店回信相告，并附了一张300美元的“服务费”账单。不用说，她大吃一惊，咨询律师也无济于事，毕竟她写信索取服务而饭店也“销售”给她了。
>
> 她认为将这个300美元的配方公之于众可以让自己解气，以下就是……多么不值钱啊……

我还碰见过价值400美元的巧克力蛋糕配方的故事，那里面只提到讲述者是一位女士。我很好奇这个不断重述的故事是否有真实成分在里面，就写信给阿斯托里亚的华尔道夫饭店，询问1965年的这个著名故事是否属实。饭店的回复令人惊奇：它提及的细节表明，这个传说的流布范围和变异程度，超出了我的预期。饭店的公关主管写道：

……过去十多年来，我们的档案里保存了这个故事无数版本的信件和剪报。这种蛋糕有时被描述为巧克力蛋糕，有时被说成是红丝绒蛋糕，配方售价也从5美元到1000美元不等。当这个传说刚开始冒头的时候，我们在饭店进行了彻底的调查，结果证明这完全是捏造的故事。

回信还提及，按照饭店的规定，所有菜单上菜肴和甜品的配方，都是免费向饭店客人或报刊编辑提供的，而饭店大厨压根儿就想不起来曾经用过“红丝绒蛋糕（或巧克力蛋糕）”这类配方。

可惜的是，当时我没想到去看看那些寄给饭店的信件和剪报。14年后，当我再次询问是否可以借阅它们时，饭店的工作人员告诉我：“因数量太多，未能保存。”

有几个来自犹他州盐湖城的例子，可谓是媒体给这个传说继续添油加醋的代表作。《盐湖城论坛报》食品栏目的编辑常常接到读者有关此配方的问询，她偶尔将之公布于众。1975年4月12日，该栏目刊登了“带华尔道夫糖霜”的“华尔道夫红丝绒蛋糕”配方。1979年，食品栏目又接到了来信，近40位读者——都是来自与先前不同的群体——送上了他们的配方。食品栏目于1979年8月23日刊登了其中一则配方，编辑评论说，这种蛋糕“已经享誉全球，你理当一试”。

我看到的1979年的这些配方来信，显示出这种蛋糕已经自成一派，甚至与华尔道夫的故事相去甚远。实际上只有一位读者说到了有关饭店的传说，并指出那个“100美元蛋糕”的故事是她姐姐讲述的。其他几位读者也提到了“阿斯托里亚华尔道夫蛋糕”或“著名的阿斯托里亚华尔道夫圣诞节蛋糕”这样的名称。不少读者提到了圣诞节，而有一位说她家是在情人节和国庆节吃这种蛋糕。

所有配方版本都提到要将红色食用色素和可可粉混合搅拌成糊，再放入奶油“湿”配料。一位读者评论说：“做起来挺麻烦，但是好吃又好看。”

当然，以口头或书面形式流传于民间或见诸其他媒体的“红丝绒蛋糕”配方可谓成百上千，难以计数。我甚至怀疑，有些吃着“红丝绒蛋糕”的美国人，每周恐怕要听上十来次这个故事，特别是在圣诞期间。要将这一传说的所有版本搜罗齐全，几乎是不可能的，但确实是一件很有意思的工作。让人哭笑不得的是，民间传说左右了现实生活——最近阿斯托里亚的华尔道夫饭店，还真的开始为咨询者提供起所谓“红丝绒蛋糕”的配方来了。

1978年9月20日《丹佛邮报》上一则标明发生在纽约的故事吸引了我的眼球（这是一篇采访）：记者罗丝·多思蒂访问阿斯托里亚华尔道夫饭店的大厨阿诺·施密特。施密特强调了他的菜谱上那些低卡路里自然食品的重要性，并且拒绝向众多读者提供他的红丝绒蛋糕的配方。他坚持说：“别打我的红丝绒蛋糕的主意了，拿走我的白巧克力甜点吧。”

怪哉，怎么成了他的红丝绒蛋糕的配方了？于是我再次写信给饭店，饭店回复说，那个传说仍然是完全不真实的，但这一次（1979年）那位厨师（信中未提及姓名）声称他记得那种蛋糕，他说：

多年前那个配方失而复得，其实也不是什么特殊的美味佳品。此外，这种蛋糕也不符合当今的口味和标准，因为它使用了人造色素。

随信附有制作“真正的华尔道夫红丝绒蛋糕”的配方复印件，配方很标准，没有包含巧克力和可可粉（信中解释道：“很显然，另有添加可可粉的蛋糕，那叫红丝绒巧克力蛋糕。”）。另外，这个“真正的”华尔道夫配方，其糖霜中包含了与传统有别的“红色食用色素”。

我个人的看法是，某些厨师和饭店主管的这类浑水摸鱼的做法并不会成功。我敢肯定，我们还将不断听到这样的故事：各地的女士们来到纽约，在华尔道夫饭店就餐，品尝了有可可粉或巧克力粉，或者糖霜里什么都没放的“红丝绒蛋糕”；她们都还会为了一个简单的配方而被大敲一笔。最后，她们会回到底特律或者迪比克的家中，把这个配方和蛋糕派送给无数的朋友。

“毯中蛇”

1968年底和1969年初，当代美国民间传说中的一些传统主题被融合并创造出了一个新的都市传说。从东部到西部，这个传说口口相传，迅速蔓延开来，报纸、电视台等也推波助澜。但这个传说却是短命的，70年代初就渐渐销声匿迹了。这个传说中的两个基本要素，在其他传说中也可见到：某个店铺，特别是郊区的某家折扣商店；在一处意料不到的地方发现了危险的动物。典型的情节是：一个毫无防备的店员，正在查看进口的地毯或垫子，结果被一条毒蛇吓个半死。同样，这个故事的构成元素（毒蛇 / 毯子 / 外国来源 / 店名 / 结局）在不同版本中也多有变异。

1969年，一位布法罗市的大学生，给了我一个她在纽约州北部听到的“毯中蛇”传言版本。她报告说，这个传言已经在那里流传了两年之久（尽管在民俗研究中，这类未经证实的时间通常是存疑的）：

> **我住在纽约州北部一个叫普瓦斯基的小镇，位于锡拉丘兹城以北40英里处。过去两年，有个故事传遍全城，说的是**

一个中年妇女的不幸遭遇，她住的地方离我们不远，但这位妇女和她的家，从来没有被核实过。

下面这个故事是我听说的，直到最近，我终于相信了这个故事。

大约两年前的夏天，我的母亲，一位49岁的家庭主妇，讲述了一个妇女在文斯顿购物时发生的故事（文斯顿是一个大型廉价商品商店，出售食品、衣服、家庭用品等，位于纽约的沃特敦镇，普瓦斯基以北约30英里处）。当时她正在挑选外国进口的织毯（据我所知，这个外国究竟是哪一国从来也没弄清楚，但我知道它不在欧洲，好像是个远东国家，不同的人在讲述时，提到过日本、印度这样一些国家名）。在挑选织毯时，那个妇女把手伸进去想翻开毯子，但突然受到某种袭击而倒在了地板上。

妇女被送往医院，但还没到医院就死了。毯子还在商店里没有打开，里面有一条大毒蛇（是什么蛇也不确定），还有几条刚刚孵化出来的小蛇，妇女就是被这条大毒蛇咬了一口。

故事的结尾是，文斯顿面临和死者家人的一场难缠的官司，接下来就是关于这故事的讲述者和听众会不会再去文斯顿购物的争论。

1969年，民俗学家帕特里克·B. 马伦（Patrick B. Mullen）在布法罗市的学生为他提供了这个传说的23个版本，包括下面这个典型的地方性版本：

我第一次听到这个毯中蛇的故事，是在2月的某一天。在布法罗市沃登大道的“两人”商店，一个妇女把手伸进一

堆打折出售的毯子里，想摸摸毯子的质地，不料被一条蜷曲在里面的蛇咬了一口，死了。毯子被全部退回来源地。朋友说他是从收音机里听到这个故事的，报纸拒绝将其登出。

另外一些布法罗市的大学生说，那个毯子是从巴基斯坦来的（或者是从印度、韩国、日本等国家进口的），有一位搜集者的朋友说，他的母亲参加了那位被毒蛇咬死的妇女的葬礼。另一位讲述人说，这个故事是从一位妇女处听来的，她的朋友被蛇咬了，胳膊上缠着绷带，正在起诉那家卖毯子的商店。有的大学生描述说，那毯子是一张电热毯，不是一般的毯子；那条蛇是孵化出来的，或者是被通电加热的毯子弄醒了（手指被咬的刺痛，起初以为是毯子里破损的电线导致的）。还有人说，毯子中的眼镜蛇蛋，是一条藏在一挂香蕉里的蛇下的，这些香蕉是在某个热带港口装上船的，和那些毯子装在一块。还有一个学生认为，这个事件发生在宾夕法尼亚州的伊利城，时间更早，是1964年，有的人还在一份报纸上读到过这个故事。所有这些故事版本的相同之处是，它们都提到了打折商店的低档货。

迄今为止发现的关于这个故事的最早报道，见于一份1969年2月5日出版的布法罗市报纸《晚间新闻》。它刊载于读者服务栏目《新闻的力量》：

问题：有一位女顾客在本地的商店里被进口货品中的毒蛇咬了，贵报为什么不报道？

——奥查德·帕克（Orchard Park）

回答：因为那不是真事，是不可能发生的事情。

这是最近几个星期以来到处流传的奇异故事之一。它完全

是子虚乌有的。传说中抢救伤者的医院，已经声明从未发生过此事。

救治被蛇咬伤者，需要抗蛇毒血清，只有布法罗市动物园储备有这种血清，但最近并无人使用它。

传说越传越玄——好故事都是如此，到了最后就是，来自东方的一条毯子里，出现了一条眼镜蛇和七条小蛇。

但是，由于这个传说在布法罗市传得沸沸扬扬，所以当年过了一段时间，《晚间新闻》又旧话重提。9月19日该报的《克伦之角》栏目报道称，眼镜蛇的故事（从印度进口的毛衣里孵出了小蛇）实际上是一个传遍纽约和布法罗市的谣言，据纽约的首席兽医说，他从未听到过这样一个病例。

纽约昆斯区的一个学生，提到了家乡流传的一个版本：

6月底的时候，我的女朋友来我家，告诉我有个女人死在她家附近的店里。当时那个女人正在翻看波斯地毯，忽然脸色通红，昏倒在地。

当救护车赶到时，她已经死了。人们发现她的指头上有一处小伤口，接着又发现毯子缝里有一只虫子，不是蜘蛛就是苍蝇什么的。显然是那个女人正在用手前前后后摸毯子的时候，被这虫子咬了。虫子有剧毒，所以她被毒死了。

这家店是岛上的一家名叫“克瓦特”的商店。这件事让大家惶惶不安，我的姨妈本来也订购了一张毯子，现在她退货了。我自己呢，也受了影响，当我和父母去店里买毯子的时候，一想起那个死去的女人，我就不让他们为了感觉毯子的质地而用手去摸毯子的表面。

同一时期，在首都华盛顿地区，这个传说也传布甚广。例如，民俗学家加里的一个学生讲述的版本是：

> **这事发生在我女朋友的嫂子身上。有一天，她在马里兰州的一家名叫“克林”的店里买东西。她看见有些毛衣在打折出售，就试穿了几件。突然她觉得胳膊有些刺痛，但以为是衣服上的标签弄的，就没在意，接着购物。后来，她觉得胳膊发痒，并渐渐红肿起来；到了当天晚上，就开始头昏脑涨了。**
>
> **丈夫赶紧把她送到医院，她被医生诊断为危重病人。医生详细询问她一天的行踪，想弄清楚问题到底出在哪儿，最后才知道是穿毛衣时出了状况。毛衣是从日本进口的，一条蛇不知怎么钻进了毛衣堆，并在里面做窝生蛋，孵化出了几条小蛇。**

在这个版本中，对受害者症状的描述和追查，似乎增添了传说的可信性。其实，1969年，在马里兰民俗档案馆里，就已经存有这个传说的7种不同版本，其中一个的受害者是“我丈夫办公室同事的妻子”。在5个版本中，受害者仍在不知名的医院接受治疗，情况危急。至于藏蛇物品，是来自日本和越南。有两个版本特别明确了蛇的种类是眼镜蛇。加里在他的著作中报告说，有一次他在大学里给学生上课时，用这个毯中蛇的例子来说明都市传说的流传过程，有个纽约城来的学生认为他所述不实，这个学生坚信这件事确实发生在梅西白货商店，受害者就是她妈妈的朋友的朋友。1969年2月13日，《华盛顿星报》在仔细调查采访警察、商店和医院后，发表了题为《毛衣没有藏蛇，传说纯属谣言》的报道。10天后，因

为读者纷纷致电，对传说的真实性言之凿凿，这家报纸只好发布进一步的后续报道。《华盛顿星报》试图将“毯中蛇”与早先公园游乐场里的“船中蛇”联系起来，这似乎也不无道理，因为在美国各地，此类传说仍然在口头流传着。

1969年5月，“毯中蛇”流传到了美国中西部，此时蛇大都是藏匿在毛衣之类的衣物中，而不是毯子里了。民俗学讲师科德（Xenia E. Cord）从印第安纳大学科科莫分校的学生中和当地报刊上，搜集了这一传说的不同版本，其中有位学生的版本是：

> **有位妇女在凯马特连锁店（K Mart）翻看一件女衬衫时，被一根大头针扎了一下（至少她自己以为如此）。因为感觉疼痛，她便回家了。**
>
> **后来她的手开始红肿，于是去看医生。医生检查过后，告诉她不是被针扎了，而是被蛇咬了。**
>
> **人们搜查商店，结果在衬衣堆里发现了两条蛇。这些衬衣均为进口产品，很显然，蛇是和衬衣一起进来的。**

讲述者补充说，故事是她妈妈从另一个女人处听来的，这个女人是听她丈夫说的，她丈夫是从一个警察那里听来的，而这个警察是从另外一个直接调查此案的同事处听来的。科德搜集的另外两个印第安纳版本也是以凯马特为背景的，一个声称发生在田纳西州，另一个说是发生在本地的一个店铺里。此外还有一个讲述者声称她听到的版本发生在芝加哥，《芝加哥论坛报》曾经在星期天的报纸中报道过此事（未找到确切的日期）。

在印第安纳，凯马特因为这个莫须有的事故而成了众矢之的，以至于《科科莫论坛报》在1969年5月25日，登出了一则澄清的报道。《新奥尔巴尼论坛报》也在当年5月21日，刊出了题为《蛇谣言在克拉克斯维尔市消失》的详细报道：

> **有些当地居民听到了关于克拉克斯维尔市131号高速公路边凯马特店中的蛇的故事，并将他们的忧虑和担心告知管理部门。管理部门回答，在凯马特并没有蛇。**
>
> **据凯马特的职员说，店里没有蛇，也没有顾客以书面或口头的形式投诉；在凯马特店内，从来没有人目击过此事件，也没有人真的被蛇咬过。**
>
> **经理唐纳德·迪克森说："这个谣言已经传播了好几个星期了，但尚不知道源自何处。**
>
> **"谣传说蛇是在货架上的女装里被发现的，但经过彻底搜查，除了一两只微不足道的小虫子外，一无所获。**
>
> **"顾客们无须害怕，如果真的在别处被蛇咬了的话，只需到我店体育用品部购买蛇药包即可，价格很合理。"**

这是典型的做法：报纸记者想对谣言的确切来源追根寻底，商店经理也为传说中的蛇而进行了"彻底搜查"。但民间传说的传播范围如此之广，速度如此之快，自然这些询查向来是一无所获的。最后那段俏皮话，恐怕只会给谣言火上浇油。其实，在报刊、电台这类媒体上讨论口头传说——即使是为了否定它们——几乎都反而会给这些传说的传播推波助澜。例如，在印第安纳州的特雷霍特市，民俗学家罗纳德·巴克（Ronald Baker）注意到：这个故事在电台的一个很火爆的脱口秀节目中被提到，结果传播给了当地更多的家庭主妇。凯马特的经理助理说："妇女们整天打电话过来问：'你们抓到那条蛇了吗？'顾客们也总是问收银员：'货架中的那条蛇怎么样了？’……甚至有几个妇女不愿靠近货架。”

在中西部，还有其他地方也出现了有关蛇的故事的报道，如印第安纳州的布卢明顿市（“日本进口衣物中的蛇”，1969年12月1日《电讯先驱报》），以及俄亥俄州的哥伦布市（“日本进口毛毯中的金环蛇”，1970年3月的口头报告）。1969年7月1日，南达科他州报纸上的一则“毯中蛇”的报道，证明这一传说已经从中西部流传到了北方平原地区：

> 有个妇女在买毯子的时候，被里面的一条热带毒蛇咬伤，这个故事你肯定听说过吧。
>
> 有位读者打电话给我们的编辑，说报纸上为什么对此只字不提。
>
> 因为这不是一件真事。
>
> 根据传说中所述，一位妇女在翻看毯子的时候，感觉被扎了一下，她以为是毯子里面的大头针。不一会儿她的手就肿胀起来。后来人们翻看毯子，才发现里面有一堆小蛇。
>
> 有人说那个妇女是沃辛顿市的，也有人说她是其他地方的人。在不同的故事版本中，商店的名字也不一样。
>
> 更奇怪的是，同样的故事居然也出现在明尼苏达州的罗彻斯特市、明尼阿波利斯市、圣保罗市，还有威斯康星州的拉克罗斯市和麦迪逊市等许多地方。
>
> 各地都查无此事。
>
> 圣保罗的一家报纸说：“这是一个荒唐的、恶意的无稽之谈。”
>
> 据报告说，这一事件发生在不同的地点……（本报向警察和社区核实了这件事，没有人被咬伤，更没有人死亡。）

其他一些报纸的报道中，也认为这个传说是“恶意的”；接受采访的一些打折商店的经理们，也怀疑这是个卑鄙的恶作剧。但是，同“肯德基油炸鼠”等特定行业的有关传说一样，人们并没有证据表明它们是一些故意设局栽赃的故事。事实上，一个人要是想把一个谣言或者传说付诸流传，特别是要限定于某一特定的行业、商品，恐怕也是件难上加难的事情。

“毯中蛇”对那些粗心大意的顾客来说，是一个有警示意义的故事。它反映出来的不仅是人们对超级连锁店这样的商业巨头的不信任，而且还有对进口货物的担心；东方国家加上连锁店，冒出来的是人们最害怕和厌恶的生物之一——毒蛇。有些民俗学家甚至认为，这一传说盛行一时的20世纪60年代末，正值越战进行到白热化阶段，因此它揭示了美国人对深陷东方战争泥潭的恐惧。不管这种说法是否有根据，“毯中蛇”的传说来也匆匆，去也匆匆，很快就神奇地销声匿迹了。

一则来自得克萨斯州的报道——一个刊登在1970年6月15日《达拉斯晨报》上的故事——值得在此全文引述，因为它很好地说明了一个人要想对一个都市传说刨根寻底，将会是多么徒劳无益。在这个带有“得克萨斯偏见”的地方版本里，毒蛇不是来自远东，而是墨西哥：

“我要报料。”有位男子打电话给报纸的新闻值班室，时间是几个星期之前。

情况大致如下：他听说，有位妇女到当地的打折商店选购从墨西哥进口的皮衣。当她把手伸进皮衣口袋时，忽然感到一阵剧痛，过了几分钟，她的胳膊开始变成青黑色。

“然后，”那男子继续说，“人们急忙把她送进医院。听说

她是被皮衣口袋里的蛇咬了。她的胳膊要截肢。”

记者说他会查证这个故事。

一位妇女也在那段时间打来电话，讲述了同一故事，只是她听说，被蛇咬的女人已经死在长老会医院的急诊室里了。

而长老会医院说：“没有这个病例的记录。”

另外一个报料者解释说：“我哥哥是个医生，就在贝勒医院工作，当那个妇女被送来的时候，他就在场。”

贝勒医院同样回复：“无此病人记录。”警察局和健康署也是同样的回复。

那个医生也被询问，他说，实际上在场的不是他，是另一位朋友。

而那位朋友说，其实他也不在场，是听两位护士闲谈才知道的。

再后来，十多个对此事感兴趣的报料者接连打来电话，皮衣变成了从印度进口的其他物品。有一个人甚至告知了处理此事的保险公司的名称。

那家保险公司的人声称，此事与他们的保险公司无关，是他邻居表弟的公司处理的。

这个故事传遍全城，成了鸡尾酒会和桥牌桌上谈话的主题。

最后，有个报料者提供了受害者的姓名。

记者赶紧打电话过去，“受害者”接了电话。

她说，她现在的身体健康状况好得不能再好了。肯定是有人把她和别人弄混了。她自己也听说了这个故事，不过她听到的版本里，蛇是在水果篮子里。

接着记者又找到那位表弟的公司。

表弟说，他所知道的被蛇咬伤的人，只有一个，就是自己

的女儿，不过那是他们全家以前远足的时候发生的。

这个传说中最常被提到的两家打折商店的经理说，这故事已经传遍全国了，但他们的商店里压根儿就没卖过皮衣。

传说中那个操手术刀的医生说，他自己是个儿科医生，从来没给人动过外科手术。

“但是，既然在电话里碰到你这个记者，”他说，“我倒有件事想打听打听。最近有个故事传得挺邪乎，说是有个女孩在商场买了罐什么喷雾剂，结果血液中毒了……”

两年后（1972年2月），博伊西市的《爱达荷政治家报》还在辟谣：“那个让人感兴趣的传说，什么一条蛇从中国台湾地区经过6200英里的旅程来到博伊西市，咬了在当地商店购物的一个妇女，完全是谣传。”博伊西市凯马特连锁店的经理也是一口否认：“这个谣传我们都听了好几个月了。”按这个版本的说法，那些小蛇被缝进了大衣袖子的夹层里。

这是本人所知的最后一个见诸媒体的关于“毯中蛇”的报道，有些民俗学家还发现了1970年后报纸上的零星报道。尽管当下这个传说已经蛰伏匿迹，但许多人恐怕对它仍然记忆犹新，说不定还一直信以为真呢。

第八章

正在生成中的传说

在那些版本丰富的著名传说广为流布、为大众所津津乐道的同时，另外一些传说故事的片断也在滋生着——有时只存在于特定的“民众群体”内——这些片断与成形的传说有内在的联系，或是借用而来。这些孕育中的传言、故事，形成了未成形传说的流动素材。它们有的是消失多年又突然再现的传统主题的翻版，有的则流传面有限——因为其浓厚的民族文化或职业集团的色彩，所以未能传布到特定地区或群体之外。偶尔，这类“原始传说”（proto-legend）也会在媒体露面，但不会成为口头传统中的经典，只不过充当新闻报道的谈资而已。

“节油汽车”

一个典型的旧话重提、“咸鱼翻身”的例子是“节油汽车”（大部分都有能把水当油烧的内燃机），这是个有年头的、令人称奇的都市传说。在过去的30年里，这个传说在短时间内曾盛极一时，只是由于当代科技没有创造奇迹，它才渐趋式微。传说的主题与其他有关汽车的都市传说并无二致，但却鲜见它的叙事充分展开和多种版本的出现。通常，它只是一件未经证实的事件的简要报告，缺少变化的细节。这些年汽油价格猛涨，这类“节油汽车”传说再获新生也就不足为奇了。1978年9月18日的《联合通讯社日志》，描述了这辆汽车的一些细节，以及一位记者寻根溯源却无功而返的情况：

> **事情还得从联合通讯社的一位编辑的姐夫听说的小道儿消息说起——听起来这像是个“年度最佳故事”呢。**
>
> **一个福特汽车的经销商，阴差阳错地将一辆试验用车卖给了一位女性顾客。这车一箱油可以跑1000英里。这位顾客的姓名、电话号码，故事里都有。**

后来，当这位买主去保养车辆的时候，此事被发现。据说，这个买主得了3万美元，她被要求退回汽车，并对此事守口如瓶……

纽约的记者马尔科姆·卡特便给故事里提到的号码打电话。办公室的电话通了，但她没来上班。幸好还有她家里的电话，但家里的电话也没人接。

几经周折，卡特终于找到了她。“在发誓要是泄露了她的姓名我就坐大牢之后，我拐弯抹角地开始打探。起初，她似乎不知道我在说什么，后来，我觉得自己是误入歧途了。”

卡特提起那辆汽车。

“不！”她说，“我从来没有拥有过那样一辆汽车。”但她含含糊糊地提到了几个月前与她的保险经纪人的谈话。这位经纪人的一个客户，跟他讲述过这辆奇车的事情。

她告诉卡特，她会打电话给这位经纪人。不久她回电说：“总该有人把事情说清楚吧，太过分了。

“她说她的这位保险经纪人也很急于知道真相呢。可这辆车不是他的客户的，但是，他客户的一个朋友知道这事。保险经纪人愿意帮助我查明此事，并留下了联系电话。虽然我越来越怀疑此事，但还是决定弄个水落石出。

“我联系过保险经纪人。他说他问过客户的朋友了，但他也不是车主，也是听别人说的。”

“我可以同她谈谈吗？”卡特打断她。

“好啊。”她同意了。

后来，卡特打电话给最初那位女顾客的经纪人的客户的朋友。

一个临时保姆接了电话。她不知道主人什么时候下班回

家，也不知道她办公室的电话号码、她丈夫何时回家。

卡特仍不放弃，最后终于找到了她丈夫。

“啊，是啊。”他回答，他听说过这件事。

“在哪里、听谁说的？”

“噢，有一天晚上，我和妻子在一个酒吧里，听到有个人说，有个女人，买了一辆车……”

对熟悉都市传说的人来说，与著名大企业、商家作对的故事是屡见不鲜的（如“肯德基油炸鼠”），特别是这个故事又结合了付封口费等情节。很显然，汽车制造商会打压这样的超级节油汽车，以保护石油公司的利益。正如我们已经多次看到的那样，无穷无尽的讲述者（消息提供者）之链，正是传说故事的另一个特征。如果说1000英里1箱油还让人半信半疑的话，那么《神奇汽车》这一标题，从一开始就足以让人怀疑后面情节的真实性了，因为类似的传说已是屡见不鲜。许多众所周知的节油器骗术，也有助于人们识别这类故事的真伪。

老爷车

如果它不是一辆神奇的新车，那就肯定是一辆老爷车，某辆经典而富有传奇色彩的老爷车。我们又听到了这样的传说：在某个废弃的停车场，塞满了几十年前福特出产的A型汽车，它们从来没有在厂门之外开过1英里（难道20世纪20年代，就用货运列车来运输汽车了？）。也许你听过一个摩托车迷给你讲述下面这个故事：

> 1968年，我的朋友拉斯蒂听另外一个朋友的朋友说，花25美元就有可能买到“二战”期间出产的哈雷摩托车，只要一次性团购50辆即可。
>
> 于是他就去了盐湖城的剩余军用品商店，但店主对此事一无所知，建议他去另外的大店。
>
> 大店的店主说，他收到了美国政府给剩余军用品代理商的所有商品清单，但从来没见过这宗哈雷摩托的优惠项目。
>
> 拉斯蒂一看没戏，便只好作罢。但是三年后，他又从犹他州摩押市某人处，听到了一模一样的故事。

幽灵卡车司机和幽灵客机

对那些新近涌现出来的卡车司机名人，民间传说是不会轻易放过的。与先前提到的幽灵搭车客堪可一比，这些18车轮柴油货车上的幽灵，夜复一夜地到处游荡。某个传说中的司机，留着一头嬉皮士长发，手拿一把剪刀。还有的司机，任劳任怨而又性情耿直，面对把摩托车停在前面挡道挑衅的愣头青朋克，一怒之下开车冲了过去，把摩托车压得七零八落。

目前这方面最有趣的超自然传说之一，是美国东方航空公司的"幽灵客机"（这家航空公司简直成了传说之源了）。民俗学家理查德·C. 波尔森（Richard C. Poulsen）从一个参加民俗学函授课程的空姐那里，搜集到了这个传说的第一个版本（1974年）：

> ……一架喷气式客机在美国某地坠毁了。不少人遇难，包括机长和其他机组人员。因为飞机并没有完全毁坏，航空公司决定修复它。
>
> 不久，飞机修好了，重新运营，但是随即接二连三的怪事在这架特殊的飞机上出现了。

在飞机飞行的时候，乘客和机组人员开始听到一些奇怪的声音。有些声音是先前失事遇难者的说话声。不久，机组人员就有些犹豫，要不要继续用这架特殊的飞机，因为那声音一直都没消失。

航空公司想把这架飞机一卖了事，却卖不出去，最后只好停止使用。现在，不知道这架飞机被孤零零地遗弃在美国哪个飞机库里呢。

1975—1976年间，波尔森进行了一系列的采访，从其他知道此传说的空乘人员那里搜集到另外一些版本。他们有的是在进行飞行训练时听到了此故事，有的坚信此故事纯属瞎编。让波尔森印象深刻的是，尽管如此，大家都还是觉得“在飞行途中谈论此事是不吉利的”。他从得克萨斯国际航线的一位空乘人员那里，搜集到了一个细节丰富的版本：

有一对父女，都在东方航空公司工作。爸爸好像是机长，女儿是空姐。爸爸驾驶的是麦道公司的DC-8或者DC-10之类的飞机，我记不太清楚了，有一次飞机坠毁，爸爸遇难了。

他的女儿继续当空姐，工作的飞机和她爸爸开的那架是一样的。一次飞行中，她爸爸显灵了，告诉她飞机的线路有故障。

一检查，果然线路着火了。

据说幽灵出现在烘箱里——空姐一打开箱门，就看见爸爸的脸。在其他同型号飞机上，他也显过灵，告诉人们那种飞机不安全。

"舞厅中的魔鬼"

比客机传说更为奇异的是"舞厅中的魔鬼"，它也是一个与时俱进的旧传说。在许多墨西哥或者西班牙裔美国人的传说里，都讲述了某人在圣人节遇见巫婆或魔鬼跳舞，其双脚状如马蹄或鸡爪。最近的一些传说版本，背景转到了西南部的拉丁夜总会。按照《得克萨斯月报》的描述，魔鬼是这般模样的：

> **他衣着很酷，像个牛仔。他发现有个年轻女子似乎不好接近，就在舞池里跳了一曲波尔卡舞，打动了她的芳心。本来这该是个爱情故事，没想到年轻女子发现这位身手不凡的舞伴，居然长着两只鸡腿，那是魔鬼的典型特征。可怜的女子尖叫数声，昏倒在地。但为时已晚，魔鬼随即消失在男厕所里，只留下一阵烟雾、一股硫黄味和他那炫目的舞步。**

如果讲述者是西班牙裔，接下来我们大概就会听到"迪斯科舞厅中的魔鬼"之类的故事了。《得克萨斯月报》绘声绘色的描述，恐怕已经给这个传说的扩散火上浇油了。

滑稽的事故

我所说的滑稽的事故，可能隐含着都市传说中另一个正在出现的主题。迄今为止，我已经听到过4个不同的版本了。其中两个是有关新入院的患者的，有时候他们是在急诊室里相遇，他们交谈的内容是：“你怎么啦？”在第一个版本的两个故事中，两人各自吹牛，比试谁伤得更厉害。一人说，他没注意到妻子刚刚用发胶喷过抽水马桶里的蜘蛛，于是把点着的烟头弹进去，没想到引起爆炸，把自己炸飞了；另一人说，他把绳子的一端扔过屋顶绑在汽车的后保险杠上，把另一端拴在腰间，准备顺着绳子爬到屋顶修理电视天线（或者铲除屋顶积雪），谁知老婆要去美容院，跳上车把车开跑了（注意，两个故事中妻子都是罪魁祸首）。第三个事故的主角是一男一女，两人刚刚从担架上被抬下来。女伤者承认，她在滑雪时，偷偷藏在松树后面想方便一下，不料刚把裤子脱下来就滑倒了，一路失控滑下山坡。而那个男伤者受伤的原因是：他正滑着雪，忽然看见一个半裸的女子从身边冲过，不由得哈哈大笑，结果一走神撞到了上山缆索的固定塔上。这几个以医院为背景的滑稽故事，常常也单独讲述，并有不同的版本流传。第四个事故——恐怕不那么滑稽了——虽然只是事后所见，但无疑事故明显发生过：一个野营车的车主，把一个油桶改装成了野营车的马桶。有天早晨，他出来一看，野营车边有一根虹吸胶管，旁边地上有一摊遗留物，证明偷油贼上了当，呕吐得一塌糊涂。类似的正在形成的传说中，还出现了家用汽车或野营车上的丁烷气体打火机、强力胶水、“定速巡航装置”等不同的东西。

绑　架

不管一个传言或故事听起来多么活灵活现、奇异怪诞，一旦对其追根寻底、拨云驱雾，其真正的民间特质最终就会显露出来，下面这个例子就很能说明问题。1978年夏天，在我的《美国民俗》课上，几个学生提起了一件事：在盐湖城北面的法明顿市礁湖大游乐公园，一个跟家长出游的小孩被绑架了。我没有听说新闻里报道此事，但是在拥挤的公园，拐走一个婴儿或儿童，然后从附近的高速公路逃逸，似乎也是可信的。摩门教徒通常在夏天汇集到公园里，欢度“礁湖日”，年纪相仿的人们聚集在一起，大人很容易和孩子走散，游客和陌生人——也许是罪犯——在四周出没，这些都给事件的发生提供了可能。这个故事也有几个不同的说法，有人听说孩子是被一个黑人诱拐，也有人听说是被拐卖儿童的地下团伙绑架。后来我听到的版本是：一个大孩子被绑架，她（“他”较少见）后来出现在一个儿童色情片里，结果被人认出。

有几个学生对这个故事很感兴趣，继续进行调查。犹他州的一些讲述者说，绑架不是发生在礁湖而是在迪士尼，但他们还是相信，是犹他州的一个摩门教徒家庭在加利福尼亚度假时，遭遇到绑架之祸。有个喜欢打破砂锅问到底的学生，专门打电话给迪士尼乐园所在地阿纳翰的报纸编辑部，编辑部说这个故事他们确实知道，但事实真相从未揭破，所以也没有任何报纸登载它。迪士尼乐园更是一口否认。

盐湖城电视台风闻此事，对其进行了一次彻底的调查，甚至尝试顺藤摸瓜，逐个调查事件的讲述者。最后他们找到了一个听说过此故事的男子，他复述故事时，地点又回到了礁湖公园。有一个摩门教友会出版的通讯，还刊登了这一传说，用以警示会员去礁湖游玩时，要小心看好自己的孩子。礁湖公园方面不得不费尽口舌解释，其实压根儿就没有这样的犯罪事件在该公园发生。一个当地人在接受电视台采访时说，不管这事是真是假，它传达了一个重要的警示信息给有孩子的父母们。这话说到了点子上，指出了此类民间传说的重要功能。普罗沃市杨伯翰大学的一位社会学家认为，对于摩门教徒而言，这个故事可以用来解释为什么在上帝创造的美好世界里，还会出现诸如儿童色情、地下婴儿拐卖之类的可怕事情。这个故事还暗示，邪恶的陌生人是万恶之源，即使是虔诚的教徒也难逃此劫。

这个谜团重重的地方传说，从加利福尼亚流传开来，并被移植到了犹他州。犹他州摩门教徒有到迪士尼度假的习惯，许多犹他州人对加州人的猜疑心理，都促使了这个传说的扩散。我借来盐湖城电视台有关此报道的录像带，在1978年盐湖城美国民俗学会的年会上播放。正当我和一些民俗学界的同行们坚信这是一个新诞生的地方性都市传说时，一些来自中西部和东部城市的与会者的消息让我惊讶不已。他们告诉我，他们那里其实也流传着这个故事，而且已经有两年了，故事发生在当地的公园、沙滩或其他游乐场所。此外，一个类似的故事也正在传播：一个少女在郊区的商场购物时，差点儿被绑架，当时绑架者正想给她下药麻醉，幸亏女孩的父母或者商场的保安及时赶到，绑架者遂夺路而逃。

无论这些传说是不是源自犹他州，都是值得研究的材料。因此，在我的民俗学课堂上，我把各地的此类传说，作为正在按照其自身规律形成并扩展的传说的例证。有位同学随即举手发言："哦，不！这件事真的就在咱们盐湖城发生过！就在奥尔巴赫商场的停车场，女孩的妈妈一直等着她上车，等了好久都没等来，于是就去找她，不料恰好碰上罪犯用浸了麻药的布捂住女孩的口鼻，往外拽她。我是在报纸上看到的……也许是从收音机里听到的……或者是从别的途径听来的。"

很显然，这又是一例正在形成的民间传说。

后记

美国都市传说中的一系列常见的主题，大致反映了民众在其生活中关注和幻想的种种事件和现象。即使是“消失的搭车客”这样的鬼故事，其发生背景也由19世纪的马车上转到了当今的汽车里，从而继续散发着故事的引人魅力。汽车的高昂价格和人们对它的喜爱，让“死亡之车”之类的传说大行其道。婚姻不忠的问题，在“花心男人的保时捷”和“结实的水泥凯迪拉克”等近代汽车传说中得到体现。不仅如此，至少从20世纪50年代的都市传说里，例如“钩子”“男友之死”“后座杀手”等，我们就可以清晰地看到一个易变的、汽车充斥的、年轻人为主导的社会的种种流弊。在这些传说中，年轻的司机、毫无防备的女性、令人恐怖的陌生人等主题，与媒体上屡见不鲜的事故报道和犯罪故事可谓如出一辙。

在很多方面，我们的资料尚待完善，但如果粗略回顾美国都市传说的发展历史，可以看出，从20世纪初到第二次世界大战期间，只有死亡、鬼魂、汽车之类的故事最为兴盛。另外一些后来发展势头甚为强劲的传说，那时才刚刚出现，如“包裹中的死猫”(1906)、“惊喜聚会中的裸体主人”（1927）、“下水道里的鳄鱼”（1935）和“丢失的奶奶”

（20世纪30年代后期）。“二战”结束后，“死亡之车”和“包裹中的死猫”传到了欧洲，同时源于战时欧洲的“丢失的奶奶”也开始在美国扎根立足。流行的少年传说“头发中的蜘蛛”“钩子”，以及较为平和、更具地方色彩的“红丝绒蛋糕”等传说，在20世纪50年代中期开始崭露头角。在同一时期，带有娱乐色彩的交通工具进入了传说；随着居住地和购物中心向外迁移扩展，原来的城内传说也开始传播到郊区。

所有这些早期的都市传说，在20世纪60年代继续传播，同时又增添了含有恐怖情节的新版本（如“男友之死”“后座杀手”等）。60年代末，“毯中蛇”、大麻的传说和纽约（偶尔是其他地方）“下水道里的鳄鱼”的传说等开始流传。70年代早期，已经有几十年历史的“食品中的异物”主题，忽然又卷土重来，反映在“肯德基油炸鼠”和欧洲的类似传说（“鸡肉沙拉中的老鼠骨头”等）中，同时“塞满水泥的汽车”的传说，也以变异了的版本在欧洲不胫而走。一些高科技的新玩意儿和文化潮流——比如微波炉和迪斯科舞——在时下的传说中也有所反映，同时，传统的幽灵交通工具（现在是飞机了）和搭车客（现在是上帝或者他的一个门徒了）依然层出不穷。由此可见，不管是什么新鲜、离奇还是吓人的东西，人们最后都会见怪不怪，这在当代传说的传播和接受中便有所体现。

一般而言，我们的都市传说，反映了当代环境与传统生活方式在某些方面的冲突。例如，对于居住在城市的上班一族来说，饲养宠物是不合时宜、不切实际的，因此公寓里死去的宠物就造成了处置上的难题。同样，上了年纪的奶奶也会被当下的美国人视为累赘，特别是在旅游途中死去的老人。通常我们认为，像处理死者尸体这样的事情是不必我们自己来做的（实际上也确实如此），所以在民间传说中，不期而至的小偷帮忙解决了难题，也就被我们的文化观念所接受（在早期的“丢失的奶奶”的一些版本中，将遗体放入汽车内还是故事讲述者可以接受的主题；但是现在，第一反应是把遗体弄到车顶上去，并且尽快摆脱之）。

连父母呵护有加的孩子，在民间传说中也面临着被陌生人带走的危险。民间传说告诉我们，微波炉和益智药物可能会带来不幸的后果，还是用老式的炉子和传统的药物比较保险（人们大概忘记了在过去的民间传说中，也有喝醉酒的保姆把孩子塞进老式煤气炉或者电炉里面的情节)。在都市传说中，那种以车为家的新型生活方式，会引致丢人现眼、身无寸缕的难堪局面，还是回到房子里才能平平安安。发胶、客机、可口可乐、巨无霸汉堡包，都分别充满着令人厌恶的危险——蜘蛛、幽灵、老鼠和虫子。现代化购物中心、折扣商店，同早先的美国商铺一样，其商品的质量仍然不敢恭维，只不过现在把那些有问题的商品，都归咎于落后国家的进口货了。

在民俗传统的其他体裁中，对外族人的贬损是根深蒂固的(如有关种族和方言的笑话)，但是都市传说却将矛头转向我们身边的一些事物，如豪华酒店、著名企业、商场和快餐店等。在民间传说中，它们常常被挑刺、批评，被人抓住把柄。在都市传说里，当消费者在官司中赢了公司时，就会获得一大笔赔款，但在现实生活中，这样的赔偿金额通常会少得多，正如传说中的便宜汽车，实际上是不可能买到的。

在都市传说里，有些危险和伤害的源头来自外界，但是许多紧急情况的出现，则是错误判断或者运气不佳所致。故事里常常透露出这个意思:"他应该更明白啊""她这是咎由自取"等。例如，不应该把女友、保姆或室友单独留下，即使他们自称太平无事;当老板的，千万不能梦想漂亮的女秘书真的会投怀送抱；水泥卡车司机应该安心于本职工作，相信自己的妻子；旅居车上的裸体男子，压根儿就不该待在那样的地方；商场扒手和汽车窃贼往往霉运当头，偷来一只死猫或者一具人的尸体。这些故事里，我们能找到的仅有的无辜受害者，好像只有被塞在炉子里的婴儿（尽管至少有一个婴儿是因为哭得太厉害而遭此厄运）和被毒蛇咬的购物女人（尽管她应该到别的商场去购物）。

选出一两个最典型的美国都市传说，来涵盖和代表我们当下历史形形色色的各个方面，这是个很诱人的想法。有人提出应选"毯中蛇"，因为它反映了我们对越战的负罪感，隐含着我们的忧虑：战后有些亚洲人民对我们仇视有加，会通过进口商品进行报复。如果我们按照这一思路进行阐释，那么"炉中的婴儿"则源自我们被压抑的杀婴欲望，代表了我们对孩童的爱恨交织、将孩子留给陌生人的负罪感、对现代科技产品的恐惧，以及对家中外来者根深蒂固的不信任之感。

这些传说中确实隐伏着类似的主题，而且通常意蕴丰富。我认为，这些传说之所以绵延不绝，可以大致归结于口头传统对于事物可能性的艺术化探寻：商品从某些地处热带的国家大量进口，若是里面藏着毒蛇或者蛇蛋怎么办（如同进口水果里可能藏着害虫）？微波炉的家庭应用越来越普及，万一有个活物进去了该如何是好（就像有只猫钻进了干衣机）？当一个老练的故事讲述者开始编排这些想法，当他的听众开始回应、重复，并添枝加叶的时候，传说就开始成形、传播了。或许现在真假难辨的事件，将来就会成为流行的传说。这些都市传说，无疑蕴含着我们文化的象征，反映着我们的生活。

译后记

在这部《消失的搭车客》译完的那天深夜，上网随意浏览，说来也巧，一个“北京七大恐怖传说”的帖子映入眼帘。这头一个传说，名为“最后一班车”：

> 北京的330路车当初是颐和园开往香山的公共汽车。大约是1992年，有一个晚上，一个小伙子上了330末班车。左右一看，这车很空，只有司机、售票员和两个坐在一起的乘客。这时下一站到了，上来一个老头儿，然后车就缓缓地开动了。刚过5分钟，这个老头就走过来一把抓住小伙子的衣领说：“你刚才骂我干什么？”小伙子说：“我没有骂你呀！”“你骂我还不承认，这事没完，你得马上跟我下车，这事没完！司机，马上停车！”司机没办法，只好停车。老头儿和小伙子下车后，小伙子就问这个老头：“你有病呀，谁骂你了？！”
>
> “小伙子，你还不谢谢我！你没看见刚才车里的那两个人没有腿吗？”

结果第二天这辆末班车就再也没有了踪影！北京电视台还曾经就这件事辟谣呢，反正挺有意思的！

如果布鲁范德教授得知了这个中国都市传说，他一定会大感兴趣，然后拿来同美国的“后座杀手”型都市传说（参见本书第三章）进行一番详细的比较研究。其实，本书介绍的许多美国当代都市传说类型，在中国也不难找到相似的版本。当然，具有民族和地域特色的独特类型，更是不胜枚举。

中国的民间文学宝库蕴藏极为丰厚，其中作为民间叙事的一大类别的民间传说，亦是源远流长，难以胜数，影响深远。传统的民间传说可分为历史传说、人物传说、地方风物传说和动植物传说等。这些传说大多历史悠久，类型清晰固定，成为民众知识系统的重要组成部分。而当代民间都市传说，就其深层本质而言，与传统传说有一脉相承之处；就其表现和传播形式而言，则多呈现新颖的形态。随着社会的发展、时代的变迁，在民众与精英、乡村与城市、农业与工业、口头语言与大众传媒、迷信与理性、落后与现代等诸多二元对立的冲突交织中，都市传说产生流传的动因、类型的消长、内容题材的更替、传播途径的变异（特别是大众传媒和互联网的巨大作用已经日益凸显），都是值得民俗学者关注的新问题。

正如布鲁范德教授指出的那样，当代都市传说真实地传达出创作者和传播者所处的语境及由此产生的社会心理。都市传说是一种文化符号，人们花时间讲述和聆听传说，不仅仅是因为其奇异有趣的情节，更深层的原因是它们传达了真实的、有价值的、与大家息息相关的信息，并进入和影响了我们的心理、知识和行为规范系统。因此，对当代都市传说的搜集和阐释，是很有意义的一项学术研究工作。

对于当下类型众多、不断涌现和广泛传播的都市传说，国内民俗学者对它们的重视程度和研究力度，与国外同行相比尚有一定的差距。希望布鲁范德教授的这部都市传说研究的名作，能开阔国内读者和研究者们的视野，提供有益的启迪和借鉴。手头还有布鲁范德教授惠寄的其他几部有关都市传说的新作，如《婴儿火车》《都市惊悚传说》等，有机会的话，我们愿意继续介绍给大家，从而推动这方面研究的交流和发展。

在本书的翻译和出版过程中，一如既往地得到了布鲁范德教授在版权和学术方面的慷慨支持和指教；广西师范大学出版社的刘瑞琳副总编辑和学术馆主编吴晓斌以令人钦佩的学术洞察力和远见，支持了本书的出版，并为本书的出版付出了辛勤的劳动。在此，向他们致以真诚的谢意。

李　扬　王珏纯

2005年12月

再版补记

本译著首版，承蒙刘瑞琳总编的大力支持，由广西师范大学出版社于2006年出版，随后引起了读者们的兴趣，名列多种推荐书单中；学界也多有关注、引用，如美国威拉姆特大学（Willamette University）教授张举文曾发表书评，对本书给予了较高评价，他认为："对中国民俗学界，本书中译本的出版无疑是个迟来的惊喜。

"当原著作者布鲁范德于1981年发表该书时，美国民俗学正朝气蓬勃地向上发展。《消失的搭车客》不但第一次从理论上界定了'都市传说'这个新的民俗学体裁，而更重要的是树立了一个榜样，即将民俗学家的眼光从传统的、古老的神话、传说等体裁扩延到当代的、崭新的、正在被每个人创造的这个新民俗现象上。这部著作体现了作者有关都市传说研究的主要理论和方法，可以说是布鲁范德一系列有关都市传说的著述中的代表作。

"……两位译者在文字与概念上出神入化的翻译不但保留了原作的精彩，亦适应了中国读者和社会特色，可谓无懈可击。《消失的搭车客》之可读性不但会吸引普通读者，其系统性与开拓性也同样应使之成为民俗学家必备的参考书。"

中国社会科学院施爱东研究员亦撰写、发表了书评《都市传说：都市情绪的下水道》，对书中所涉都市传说的本质特征进行了鞭辟入里的分析评述。就在写这篇补记之时，青岛大学马光亭老师发微信告诉我，她将此书作为其所授民间文学课的必读书目，有位同学读后受到启发，决定选择都市传说作为毕业论文的研究主题。事实上，我自己的研究生，如张建军等同学，也同样是在此书和布鲁范德教授其他著作的启迪下，开始了都市传说的译介和研究，并取得了一些成果。

魔宙文化向来关注都市传说，在推介宣传、产品开发等方面成绩斐然，影响广泛。这次又独具慧眼，策划了布鲁范德教授三部著作的再版、首版事宜；在人文社科书籍出版方面享有盛誉的三联生活书店，欣然决定再版此书，显示了对当代民间叙事新文类社会文化意义的重视。魔宙文化的编辑汪徽、王婉君，三联生活书店的编辑邝芮等人士，为本译著的再版付梓做出了关键性的贡献。

布鲁范德教授听闻此书再版的消息，十分高兴，专门撰写了新版致词。相信此次再版，会进一步扩展布鲁范德教授的学术影响，增进读者们对域外民俗的了解和认识，引发对国内相似社会文化事件和现象的关注与思考。

在本译著的再版修订过程中，我的研究生陆慧玲认真校对、审阅了原著和首版译本，提出了相关问题的修订建议。在此基础上，我们重新订正、补充、润色了译文，力求更准确、顺畅地表述原著之意。

谨向为本译著的出版做出贡献的上述人士致以诚挚的谢意！

李　扬　王珏纯

2018年6月

都市传说研究词汇表

集体再创作（communal re-creation）：民众群体中口头民俗在人与人之间传播时发生变异的过程。通常，这种变异无法单独归因于某一个人，但群体中参与复述某项口头民俗的每一成员都对其不同版本或“再创作”有所贡献（它是歌谣研究中发展出来的一种理论，但同样适用于叙事文类）。

童话故事（fairy tale）：通常指虚构的、主要是欧洲的民间故事，涉及英雄、任务、魔法、奖赏等元素，时间和地点均不确定，通常以“从前……”开头。民俗学家通常称这类故事（如“灰姑娘”）为“神奇故事”，或者按照德国的说法，称为“童话”。

民俗（folklore）：“它是文化中以不同的变体、传统的形式流传于各个民众群体成员中的素材，不论它是以口头的形式、习俗范例的形式，还是以传统演述或者交流的形式传播的。”［J. H. 布鲁范德《美国民俗学概论》(*The Study of American Folklore: An Introduction*) 第2版第7页，W.W.Norton出版社，1978。］

民间故事（folktale）：与信以为真的或者至少当真事讲述的神话和传说相对的、虚构的民间叙事散文的通称（童话、笑话、吹牛故事等）。即使是民俗学家，也通常用“tale”和“story”（均是“故事”之意）来指称一般意义上的民间叙事散文。

讲述人（informant）：民俗搜集中的原材料提供者，如故事讲述者、歌手、民间术士、工匠等。

笑话（joke）：篇幅相对短小的虚构幽默民间故事（通常有一个主要桥段，有时也会重复），以一句妙语结尾。

传说（legend）：与过去的真实事件相关的民间叙事文类。它们被当成“真实”的故事来讲述，人们也通常信以为真，但传说有时包含着超自然和离奇的成分。

母题（motif）：一种传统的叙事单位，如角色、物件、行动，它们是所有种类民间故事的构成要素。在斯蒂·汤普森（Stith Thompson）的六卷本著作《民间文学母题索引》(*The Motif-Index of Folk Literature*，印第安那大学出版社，1955—1958）中，许多较为古老的母题被分门别类编制。较新的民间叙事文类，如都市传说，生发了独具自身特色的母题，这些母题尚未被编制归类（“鬼魂”是传统的母题，但“钩子手疯了”则是当代母题）。

口头传统（oral tradition）：口头民俗从个人到个人、一代到一代的传播的口述过程。广义而言，口头传统有时也与行为和物质民间传统的习俗传播有关。

原型传说（proto-legend）：形式为一个谣言或者民间信仰、将来可能成为一个传说的原始素材。

谣言（rumor）：经由口头或媒体流传的据称事件的匿名的、未经证实的传言。与传说相比，谣言一般相对短命且非叙事文类，尽管它们可能有助于传说的生成和传播。

亚类型（subtype）：尽管情节有独特延展，但基本情节特征与一个更大的一般叙事模式相同的一组民间叙事文本。例如，“死猫”的一个亚类型是有关偷窃宠物尸体的，而另一个则用一块肉取代尸体（另参见“异文”词条）。

主题（theme）：在民间叙事中，体现一个故事或传说系列特征的普遍性话题，例如食物污染或者裸体。通常“主题”所指的成分比“母题”更大，可指涉某种特殊信息、观点或态度。

异文（variant）：指某一民间叙事（或其他种类的口头知识）的任何文本，亦指某一独特延展的文本群（即一个“亚类型”）。大多数民俗学家并不区分“异文”“版本”（version）和“文本”（text），这些术语可以互通使用。